三分之一的我

有故事的女同學 著

作者欄【有故事的女同學】

生於90年代，筆名來自摯愛的那首歌——董小姐。是個典型的雙魚座，多愁善感、浪漫不羈。大學就讀教育心理與諮商學系，讀諮商也被諮商，從中化解原生家庭議題，與童年和解。

畢業前夕，創立心靈寫作教室，建立團隊。畢業後於 Hahow 經營線上課程，有幸回母校（清華大學南大校區）開設營隊，並受邀至國立教育廣播電臺專訪。至今仍致力將寫作與輔導元素結合，帶給兒童不一樣的寫作學習。

生性熱愛創作，學生時期經營痞客邦，文章曾被轉載於女人迷，爾後錄取為 **popdaily** 創作者，寫生活、散文、美食、旅行，始終找不到一個定位。近期擴大嘗試不同領域，經營 **wave** 頻道、參與《刻在你心底的名字》臨演、榮獲新竹縣網紅第三名等等。

未來的人生旅途會持續創造火花，以這本書紀念荒唐卻美好的歲月，期許自己不管碰上什麼挑戰都能隨遇而安，並且莫忘初衷。

自序／這就是我全部的樣子了

我們所看見對方的樣子，都只是冰山一角。

每個人都擁有很多面向，當你直視著對方，自然看不見他的另一面。費盡了千辛萬苦，我總算釐清、並且接受自己的所有樣貌。它們之間有些矛盾，但也有些共同的影子。

看這本書之前，你可能因爲某些因素和我相識，而我就以相識的那面原型一直和你相處著。如果某天，你發現我的另一面，或許會尷尬、失望，抑或感到驚喜，對此我只想說：那都是我，眞實的我。

一生活的樣子一

各項人格測驗指出，我是個外向、主動的人，在人際關係裡，我經常是主動攀談、炒熱氣氛的人物，對此人設形象，我可說是又愛又恨。愛它的外向，讓生活熱鬧、充滿笑聲；恨它的高調，讓我經常成爲箭靶，變得具有爭議性。比如說，大學時期有門早八的課，老師上課十分枯燥，照本宣科，偏偏又會點名，讓這堂課的學生十分頭疼。但人畢竟是狡猾的動物，心存僥倖，大家統整歸類出老師會點名的時段，多在九到十點間，於是大家開始「延後上課」。八點前來上課的同學少之又少，直到九點鐘聲響起，大家才姍姍來遲。而我，也是那心存僥倖的一員，小心翼翼的潛藏在團體裡，九點跟著大家溜進教室，想讓自己安然的逃過老師的目光。

可偏偏事與願違，我是被老師記住了。某次他直呼我的姓名，然後用半開玩笑的語氣說：「你是不是以爲這堂課九點才開始？」儘管老師面帶笑容，卻讓我不寒而慄，我難爲情的揚起顫抖的嘴角，以尷尬又不失禮貌的微笑回應。至今我仍摸不著頭緒，是作業寫得太突出、長得太顯眼、還是下課聊天的內容太精采，而被老師記住了？

關於下課聊天內容太精彩這點，補充說明，在與人互動的過程中，我無法接受「空白格」，那窒息的安靜會讓我感到彆扭、焦躁，所以我會不停的「說」，直白的、犀利的、誇大的，像極了戲劇性的人格，任何無趣的事，透過我這張嘴，都能變得精彩。

所以和我當朋友，生活應該會滿有趣的，不過也會滿吵鬧的，如果你不介意在生活某些時刻「被記住」，我很樂意和你成為朋友，哈哈。

—工作的樣子—

小時候，看過《穿著 Prada 的惡魔》這部電影，安・海瑟威飾演的助理一角，深得我心，當時被她那認真工作的樣子給吸引，即使工作挑戰性高、犧牲代價大，她的拼勁、忙碌，讓她看上去是如此耀眼呀！還記得當時我在心裡告訴自己，未來工作一定也要這麼充實，才顯得「帥氣」。

確實在大學的生活，我把自己忙到昏頭轉向，下課前往補習班打工，做最繁瑣的工作項目，卻領最少的薪水。起初樂在其中，爾後為了維生開始思考：這是我要的人生嗎？

出社會後，發現自己真正愛的是梅莉・史翠普飾演的米蘭達，機車的米蘭達。她身上散發著尊榮的氣息，在電影中性格既果斷又冷血，看似只為自己的利益著想，卻有著令人崇拜的領袖特質。

「工作時的你，很機車。」有位朋友曾經這麼跟我說，我得承認，工作時我會完全切換模式，嚴謹的、苛刻的，盡力把每一步驟做到最好，講求效率、凡事求快，要求內容不斷創新。聽起來是個喪心病狂的「工作狂」，但是後來有了團隊夥伴，我並沒有像米蘭達如此率性，我體悟到工作不該只是「完全利益」，心靈的感受也應受重視，關於工作的意義、成就感、凝聚力…等，我想我我更在意這些，「嚴以律己，寬以待人」便在這時派上用場了。

爲了保持純粹的工作關係，我會清楚劃分「朋友」和「同事」的界線，不踰矩踩線。但這不代表同事間的情分會低於朋友，有的時候同事間才能擁有的「革命情感」，是很難被取代的。例如第一位加入團隊的成員，她這麼說著：「和你的緣分與關係，好像很難單純用朋友或上司下屬去描述，但是個有份量的位置。」不知道字典裡，有沒有詞彙能形容這種情分？

—創作的樣子—

也是你正看見我的樣子。

很難想像，創作時的我多數是不快樂的，寫出來的故事，也多是灰色的。我的諮商師曾和我說過：「如果你喜歡創作，希望你能多寫些快樂正向、勵志的故事。」我疑惑的問爲什麼，他說：「文筆陰鬱，寫進人心的作家，多半時間都是不快樂的，像是張愛玲。」當時的我並沒有聽進他想傳達和勸阻的，只爲自己有機會和張愛玲走上同條路感到狂喜，聽起來很病態。

文字對我而言，是和世界對話的一種方式，更多時候，用來宣洩、彰顯情緒，難過的時候想寫，興奮的時候也想記錄，那些執筆的時刻，我都更接近自己的心一些。「我算是很了解自己的人。」我常這麼驕傲的說著。

在創作時，我特別需要獨處，可能是一個下午，也可能是一個星期。大概是因爲這樣，我才能泰然自若的面對遠距離的愛情。但不代表我喜歡寂寞，僅是某些時刻我「需要」寂寞。

一個人的時候，可能在咖啡廳裡待上一整天，打開電腦，聽著壞特的《Santé》或者是王若琳的專輯；因爲喝咖啡會心悸，所以總是點抹茶牛奶，或是熱可可。幸運的話可以坐在窗邊，看著夕陽日落，下班的人群散去。多數靈感聚集的時刻，在清晨微曦，所以我有個著名的稱號——夜貓子。

沒有靈感的時候，我會一個人去電影院，或宅在家看一天的書，偶爾會去市集走走、聽聽講座，看看那些「有故事」的人、事、物。再閒一些，我會安排輕旅行，說走就走。花蓮是我目前在臺灣最愛旅遊的地方，在太魯閣見證大自然的鬼斧神工，實在嘆爲觀止，還有許多當地人才知道的戲水秘境，是夏天放鬆心靈的首選之地，最重要的是，來到這裡有與世隔絕的寧靜，適合厭倦都市生活後，遠離塵囂、隱姓埋名的活著。晚上一定要去 1709 Café Bar 喝一杯，那裡的老闆、員工、客人都很瘋狂，你能在那裡聽到現場駐唱、和背包客們隨性談天，或者……享受一場豔遇。

我會形容創作時的我似一杯酒，任由容器的形狀改變，「容器」是影響我當下情緒的事件，「酒」便是我的文字，不論它嚐起來味道如何，辛辣的、苦澀的、香甜的，都是我當下想說的話，希望你能在這杯酒，看見自己的倒影，投射自己的心情。

這大概就是我全部的樣子了。

如果許久未見我活蹦亂跳的身影，那我大概在寫作教室上課；如果我不在教室，就在前往咖啡廳創作的路上。

不管你是因爲認識「三分之一」的哪個我而遇見這本書的，都要眞誠的謝謝你，接下來我將用「創作的樣子」寫出我的生活、工作和任何故事，依於心、依於情，不依於任何期待，謝謝你一圓我的作家夢。

那些三分之一，不是不存在，只是
尚未出現，或者暫時不見。

目錄

Chapter1

故事。人與人之間的重疊

Chapter2

｜散文。一杯咖啡的餘韻｜

Chapter3

｜旅行。跟我去一趟泰國｜

故事／人與人之間的重疊。

細雨迷濛的夜晚，我和J第一次邂逅，她穿著黑色細肩上衣，配上俐落的白色喇叭褲，坐在包廂的角落，裊裊的煙不停的從她嘴裡吐出，在空中化成一圈又一圈的白霧，然後散去。

來夜店的女生不過幾個原因：想藉酒消愁，一杯又一杯的暢飲，接著醉倒在剛認識的陌生人懷裡，尋求歡愉；要不沉醉於五光十色，隨著音樂搖擺，享受Spot Light的快感。但她看上去都不屬這兩類的族群，只顧著喝手上的調酒，望著舞池裡的人群，絲毫也沒有想摻和進去的意思。上前搭訕她的男生一個接一個，但很快的都被打發走，自討沒趣。

我站在台上，協助著DJ操作音樂，卻不時的分神往她的方向瞄去。第十一杯，這是她喝下的第十一杯調酒。

忽然，她轉過臉龐，俏麗的短髮黏貼在她的側臉，和我對視的瞬間，我立刻別過臉去，天啊！要是被發現在偷看她，多尷尬呀！我假裝若無其事的盯著螢幕，卻掩蓋不住因緊張而蹦蹦作響的心跳聲。片刻，我再度用斜眼朝她的方向看去，這回她更理直氣壯的瞪著我看了。

「肯定是被發現了！」正當我低頭暗叫時，她拿起桌上的酒杯起身，擺動著臀部，朝我的方向走來，婀娜多姿的身材令人目不轉睛。她走上階梯來到舞台上，趴在我面前的檯子，笑著說：「看多久啦？」嘴裡吐出的酒氣，蓋不住她身上傳來的香氣，如同糖果般的甜味。

「恩……就這麼一下子。」我說。

她若有所思的對著我莞爾一笑，揚起下巴，喝了一口酒，「喝一杯嗎？」說完，她轉身就走，那魅惑的眼神，根本沒有讓人拒絕的餘地。跟上她的背影，我在她耳邊喊著：「走這麼快，不怕我不跟上嗎？」

「走這麼快，正是因爲有把握你會追上。」接著又說：「就算跟丟了，你也會找我，就像剛剛不停的偷瞄我一樣。」她得意的笑著，然後點起一根菸。

「都拒絕這麼多男生了，怎麼主動邀約我？」我試圖轉移話題。

「哈哈，還說你只看一下子。」

被揭穿的我，漲紅了臉，趕緊拿起酒杯喝了一大口，「爲什麼來這裡？」

「快樂啊！來這裡不就是爲了尋找快樂嗎？」她把身子往沙發上靠，露出雪白的鎖骨，看上去好迷人。

「妳一個人來嗎？」

遞了根菸給我，「你在這，我就不是一個人了。」她露出謎樣的微笑。

這時舞台上的DJ朝我揮手示意，似乎要我回台上，「留個LINE，等會兒來找妳。」

正當我掏出手機時，她拉住我的手，「不了，這樣我就不特別了，會讓男人留住的，都不會被記得。」挑眉，她嚥下杯裡最後一口酒，起身便瀟灑的離去。

我直勾勾的盯著她的背影，一直到她消失在我的視線範圍內，那糖果般的甜味，散發在空氣中，久久揮之不去。

※

接著連續好幾天的上班日，我不時盯著同個包廂看，卻遲遲不見她的蹤影，隔天是一桌看起來正在聯誼的大學生，再隔天是提著公事包的一群大叔。

我試圖環視夜店幾圈，尋覓著她的身影，但是一直未見著，我開始有些沮喪，或許正如她所言，特別的女人都像一陣風，越抓不住的，越讓人想念。

漸漸的，我不再期待上班會遇見她，大概認爲她不會再出現了吧！直到兩個禮拜後，天空下起了毛毛雨，我再次看見那令我朝思暮想的背影。

她穿著一身酒紅色的套裝，襯托著皮膚的白皙，將近五公分的高跟鞋，讓她的腿看起來更修長。我抑制不住興奮，拿了杯酒，立刻坐到她的身旁，她的髮尾滲進了雨水，黏在一塊兒，我趕緊脫下外套，往她的身上蓋去：「妳可終於來了。」

她靜靜的看著我一切的舉動，露出不懷好意的笑容：「我的慾情故縱釣到你的胃口了，是吧？」看似疑問句，實則上是無庸置疑的肯定句，不偏不倚，刺中要害！

「是，這次別再這麼帥氣的走掉了好嗎？」

沒有答應我，她只是點起一根菸，拉緊了披在她肩上的外套。

「今天一樣，要一直坐在位置上，拒絕來搭訕妳的人嗎？」見她不答腔，我又問。

思考了片刻，她熄掉菸：「不，今天去跳一下。」她把外套放在我的腿上，率性的說句：「謝啦！」便走入舞池。

我將手靠在沙發椅上，深深吸了一口菸，天呀！這女人可完全把我的心勾住了，我看著在人群裡擺動身體的她，是如此耀眼又迷人，儘管人潮你推我擠，我總是能一眼看見她。

突然她朝我揮了揮手，示意要我進入舞池。我走了進去，牽起她的手，她的皮膚很細緻，手掌小小的，很溫暖。

「會跳舞嗎？」她在我耳邊問。

「這裡的男生沒有在跳舞的，都忙著將女生摟得更貼近自己。」音樂太大聲，我在她耳邊吼著。

露出潔白的牙齒，她綻放著微笑：「哈哈，你說對了。」

夜店裡充斥著慾望和糜爛，這股力量似乎也正吞噬著我們的距離，不知是人群擠向我們，還是內心的慾望作祟，我不停的靠向她，先是肩膀挨著彼此，接著比我矮一顆頭的她，完全圈在我懷裡，忍不住將手放在她的腰際，在她耳邊問著：「我可以知道妳的名字嗎？」沒有得到她的答覆，只是又更大膽的將她摟緊了一些，熟悉的糖果香氣再次充滿了我的鼻腔。

肉體貼近的瞬間，世界彷彿禁止了，只剩下我和她在這煽情的氛圍裡，感受彼此的溫度。忽然她推開了我的手走回包廂，我趕緊追了上去，拉住她的手：「一起出去好嗎？」

她偏頭看著我問道：「這樣不是很好嗎？」我露出疑惑的眼神，「我說，這樣不是很好嗎？偶爾見一次，多刻骨銘心。」她在我耳邊喊著。

「我不想這麼久才看到妳。」我說。她皺著眉頭，彷彿我是個乳臭未乾的男孩。接著她揮揮手，便往出口的方向走去。二話不說，我跟上前，看著她攔了一台計程車，我在心裡躊躇著，要不要就淋雨追上去。

「上來啊？你不是想跟我走？」

「啊？」錯愕的我愣了一下，趕緊鑽進車裡。

車裡播放著 Kiss Radio 電台，傳出的歌曲是南拳媽媽的《下雨天》。我掩不住笑意看著窗外，一隻手緊緊的牽著她。

※

J住的地方是間小套房，布置得很簡約，擺設相當有美感。我坐在沙發上，看著她爲我倒水的倩影，藏不住嘴角的喜悅。

「這麼開心？是不是覺得我很好追啊？」她問。

「不是，不是，絕對不是。是想著，至少不用一顆心懸著，不知道什麼時候才能再見到妳。」我小心翼翼的答著，深怕一個閃失，又失去了見她的機會。

「這麼有把握今天可以要到我的聯絡方式？」

「至少可以來妳家門口堵堵看。」

「我明天就搬家，信不信？」

「信。」

聽見我的答覆，她滿意的笑出聲。

望了她家裡四周一圈，都是單人的裝置，我在心裡猜測著，她應該是單身。

「可以問妳從事什麼行業嗎？」

「幹嘛，想身家調查？」她笑著坐在我對面的地墊上，「看起來很高尚的工作，跟我下班會去做的事完全不一樣。」

「職業哪有分什麼高尚不高尚。」我皺了眉頭笑了一下，接著又問：「妳……經常都一個人嗎？」

「對啊！而且……」她用神秘兮兮的眼神看我，壓低音量、身體向前傾說道：「只有你看的到我。」

「不要鬧，這是什麼農曆七月的玩笑！」

「哈哈哈哈哈！」她抱著肚子大笑，東倒西歪的，看起來很滑稽。「一個人很奇怪嗎？明明天下無不散的筵席，人還總是愛群聚，我弄不懂。」她用指尖沿著杯緣畫了一圈，答非所問道。

「眞的有人可以孤單一輩子嗎？」我的視線停在壁上的一幅畫，是一位戴著草帽的女孩，拿著行李箱在歐洲街頭遊走，「旅行累了，總會想回家吧。」我說。

隨著我的視線，她也盯上那幅畫，「所以啊，她那不叫旅行，叫流浪。流浪沒有歸根，去到哪，那就是她的家。」

這答案真有趣。盯著她的側顏，我將雙手靠在桌上，拉近我和她的距離：「那妳呢？妳的心在旅行，還是在流浪？」

她將眼睛瞇成一條線，很篤定的回答：「過著旅行的生活，但其實想流浪。」

不知為何，她的答覆讓我聯想起《七月與安生》這部電影，裡頭的兩位女主都過著表裡不一的生活。見我思索的表情，她燃起一根菸繼續說道：「這世界太多和我一樣的人了，有個家卻還四處想流浪，思考著看似深奧卻狗屁不通的問題：『下一個會不會更好？』」

望著她的眼簾，忍不住，我問了出口：「妳有認真愛過一個人嗎？」

朝天花板吐了煙圈，她起身坐到我的身旁，將頭靠在椅背上，仰望著天花板說：「有啊，正愛著呢！」她將頭轉向我，不疾不徐的說：「很晚了，我男朋友等會兒就回來了。」

「啊！妳有男朋友了？」我感覺到心臟以迅雷不及掩耳的速度往下墜落了半尺，失速的感覺十分難受，但很快的我恢復理智：「那我眞的該走了。」突然意識到自己於深夜待在一位非單身女子的閨房裡，十分不對勁，趕緊拿起外套要起身離去。

「嘻嘻……哈哈哈！」她又抱著肚子笑了起來。

「妳笑什麼？」

「瞧你緊張的咧！哈哈哈，你怎麼這麼單純啊？」

「又騙我？」我嘆口氣搖搖頭，重新把外套放下，無奈的坐回沙發。

「認眞愛過。」

「恩？」來不及反應的我，露出錯愕的表情。

「回答你的問題啊！」她收起笑容，雙手撐著腮子，用著滄桑的語氣說：「而且這輩子還他媽只這麼愛過一個。」

「我猜妳又在騙我。」

外頭的雨滴滴答答，微風吹進紗窗，傳來了涼意，似乎也把外頭的水氣帶了進來。

「他死了，在雨天的一場車禍。」熄掉菸，她抿了抿嘴唇，「所以每一次的雨天啊，我都到處走，只能用音樂和酒蓋住我的想念，否則那晚啊……在房子的每個角落到處都有他的影子！唉，東西都收了呢，還是有他的影子……」她的鼻子逐漸透紅，淚水從眼角滑落臉龐，再到下巴，滴落在沙發上，漸漸暈開。

「我以為我在流浪，但後來發現，我只不過是在旅行而已。提著行李到處走，以為到了下一個城市，就可以重新開始，最後卻還是走回了同一個地方，我們的家，這裡是我們的家啊……」低頭掩面，傳來了她的啜泣聲，在我面前這位嬌弱無比的女子，和在夜店那高冷孤傲的形象，簡直判若兩人。

我有點不知所措的伸手攬住她的肩，試圖想給她一些安慰，話卻哽在喉嚨說不出口，「好累……我想忘記他了，我想去流浪了，我好想好想去流浪……」那一晚她抱著我哭了好久好久，哭到喉嚨沙啞，哭到清晨微曦，直到她睡去。

我將她抱回床上，蓋了棉被，心疼的摸摸她的臉，卻無能為力，大概是故事太沉重，不是「別難過」三個字就能承載的重量，所以我一句話也說不出口。

看見她掛著淚痕睡著的臉龐，忍不住伸手擦拭掉她的淚水，沒有太多的逗留和遐想，畢竟不是每個故事主人的心都能輕易被觸碰。我僅在床頭留下了字條，是我的名字和聯絡方式，在白紙的最下方，想像著自己是徐志摩，寫下了浪漫的一行字：

我願做妳的「旅伴」。

闔上門，我輕聲的離去。

※

之後我再也沒見到J，包廂的角落又被一群不認識的陌生人取代，我仍舊習慣在每晚朝十點鐘的方向望去，卻始終沒看見她的身影。我曾想過去她家的巷口堵著，想著五次、十次，總會讓我見到一次。但也就沒勇氣去打亂她的生活，唉，憑著什麼呢？

今天又是難得的雨天，冬天下雨的時間特別少，我坐在屋簷下抽著菸，想著那天見面她濕透的身影。如果再遇見她，我想我不會這麼懦弱，只寫張字條便轉身離去。

我會等她睡醒，親口在她耳邊告訴她，我願意陪她走遍世界的每一個角落，浪跡天涯。

「叮鈴！」手機傳來訊息，顯示是未存入的電話。

我去流浪了。祝 好。

簡短的七個字，恍如隔世，我盯著螢幕好一陣子，直到燈光暗去，字跡消失。雨水打在高高低低的屋簷上，傳來凌亂的節奏聲。在人生的旅途上，當不成她的旅伴，也只能成了過客。所謂的過客，就是不說再見，因爲分別後不會再見面了。

那一晚，我望著熟悉的包廂角落，喝了好多杯酒，想起她的笑聲和香味，彷彿看見她自由、奔放的身影，在城市街道踩踏著雨水，不知道她在那裡看見什麼樣的風景，又遇見什麼樣的人，會不會也碰上一位多情的男子，脫去自己的外套，朝她的身上蓋去？

耳畔響起了J說過的那句話，忍不住苦笑了起來，她說的對，會讓人留住的，容易輕易就忘掉，留不住的，卻狠狠的，烙印在心上。

讓人留住的，容易輕易就忘掉，留不住的，卻狠狠的，烙印在心上。

盒子裡和外

有時候時間教人忘了當初最純粹的關係，不計代價的，真誠付出的。

在碩士諮商實習期間，初次步入職場，面對眼前各式各樣的當事人，多次招架不住，但在經驗的累積和督導的協助下，越來越得心應手，直到遇見了她，在某些騰打逐字稿的夜晚，還是會想起她的身影，和她的故事。

「諮商師，我不想再當中間的人了。」初見面，她穿著雪紡的上衣，配著變形蟲圖案的古著長裙，看上去輕飄飄的。她直爽的開場，不帶任何緊張，似乎很熟悉這裡的環境和諮商的歷程。

「看來妳有急切的問題想和我談，但是……」開口的第一句便被她打斷。

「你一小時很貴的，你知道吧？」

「錢對妳來說很重要。」我也只能這麼回應著。

「對，所以請切入正題。」她毫不留情面的說。

晤談了幾次以後才知道，她也是本科系出身的，她告訴我，她討厭那令人尷尬又冷冰冰的制式化開場。她拒絕了我的錄音要求，她說她知道自己的故事會在會議室裡播放，被督導、實習生討論著。

「不能保證每個諮商師都能遵守基本倫理，人百百種。」

對於她的疑慮，我再三澄清，但也表示尊重。

「我相信你，交給你就夠了，不需要再讓督導檢視。」

正當我想爲第一次得到她的肯定微笑時，她又補上了一句：「如果某刻，我開始不相信你、討厭你，那我也不會再出現了。」側過臉，她調整在座位旁茶几上的花瓶擺設。

「每個人都要爲自己的人生負責，沒有誰欠誰的道理，婚姻一開始本來就是兩情相悅。」她偏頭思考了片刻，「那女人啊，說是用錢討回虧欠，但在我看來，比較像是用錢來做最後的關係連結，真可悲。」

「其實啊！我知道那女人在想什麼……」沉默了片刻，她繼續說：「不就是想趕快存到一筆錢，然後逃出牢籠，有自己的家。」講到這，她右手握拳朝左手掌心敲了一下，「這點我絕對百分之百支持，搬出那裡，她今生才開始自由，我也是。」

「『那裡』是妳現在住的地方嗎？」

「早逃得遠遠的了，但其他人都還困在裡面。」

「妳不同意媽媽……」

「欸！你的督導沒教你要用當事人的語言嗎？誰跟你說媽媽了，我說女人。」她嚴厲的指正我。

「恩……抱歉，妳不同意女人去跟爸……，咳，去跟男人要錢，但妳支持她要錢的目的。」

「所以很好笑喔！」將手撐在膝蓋上，她托著下巴往窗戶遠方望去，眼神空洞的像是靈魂也飄出了窗外，「女人總是要我去跟男人開口要錢，我說我不想再當傳話的中間人，但是我卻沒有阻止她繼續要錢這件事。」突然，她將頭轉向我，「那男人他外遇、他該死，但這到底爲什麼和錢扯上關係了？所以兩人相愛，錢可以不計較，分手了就用錢扯平？拜託，青春才不是用錢還得起的。」女孩耳上的耳環，隨著她的頭大幅擺動，發出清脆的敲擊聲。

「在這段話裡，我聽見妳的矛盾和拉扯，妳也想要搬出去，但是妳並不完全認同，這筆錢該由那個男人來承擔。」

「哈哈！」她看著我笑，彷彿我做了一個很可笑的詮釋。

「你們諮商師都很喜歡把一段赤裸裸的實話，用一種事不關己的口氣包裝。」

「妳想聽見我說什麼？」

「你怎麼就不直接說我賤呢？說我利用那個女人的怨恨，讓她去跟男人要錢，好讓我們可以搬出去住。」

面對她用詞的尖銳，我以面質的口吻回了話回去：「恩，真正想事不關己的人是妳，好像開口的人不是妳，那份罪惡感就會減輕一些。」語畢，她惡狠狠的盯著我，咬牙切齒，雙手指甲掐進肉裡，泛紅的雙眼逞強的讓淚水在眼眶打轉，不掉落。

之後她失約了四次的晤談，將近一個月，我想我是搞砸了這位當事人。

※

晤談的這幾個月下來，我知道她越是在意的事情，越是想要用輕描淡寫的方式帶過，好比用「男人」、「女人」稱呼自己的爸媽。但這其實是她的罩門，她鐵定不喜歡這樣的自己，所以當我用相同曖昧、模糊迂迴的方式回應她時，她就受不了了。

然而，當我切入核心，開始面質時，她卻逃跑了。

「唉……沒機會道歉了。」正當我想在諮商紀錄打下結案時，傳來了敲門聲。

「遲到十分鐘而已，還是可以進去吧？」今天的她難得沒有上妝

「恩，請進。」其實當下的我是雀躍的，有好多的話想聽她說，或者和她說。

「呼……」脫掉帽子，她拿起背包裡的水壺，大口大口的灌起水來，汗珠沿著額頭布滿著，她用手背抹去嘴角的水滴，自在的說起話來，彷彿我們之間不曾空白過。

「最近在搬家，都沒空過來，好不容易把油漆都塗完了，想改造的部分也都交代給師傅了。」

啊……搬家了啊，她的行動力從來都不容質疑，「妳搬家了。」我不自在的調整坐姿，還在想該什麼時候切入上次的未竟事宜。

「恩！怎麼樣，沒來的那幾次，有沒有讓你有點罪惡，半夜睡不著覺啊？」她將擦完汗的衛生紙揉成圓形狀，試圖丟進在桌角的垃圾桶，「Bingo，得分！」轉頭她微笑的看著我。

毫無防備，這種冷箭殺傷力最十足，但她主動提及上次的不告而別，也讓我稍微釋懷了一些，「一直在等機會想和妳道歉……」

「有時候時間過了，自然也就不用道歉了，水到渠成嘛！人生總會進行下去。」

不知道怎麼回應的我，只能靜靜的看著她，腦中也聯想著，這輩子她大概也一直在等待爸爸的道歉。

「唉，我說你可不可以去建議上面的人，諮商室開放喝酒，催化嘛！大白天的怎麼說那些在黑暗見不得人的事。」

「不知道窗簾拉上，妳感受會不會好點？」

「你把這裡布置成吧檯，我會好過很多，哈哈。」

「最近……生活一切還好嗎？」我試圖將焦點轉回議題上。

「也就那樣吧！暫時和男人那邊斷掉了聯繫，如果不擇一的話，裡外不是人。」

她聳聳肩。

「和爸爸……對不起，和男人那邊斷掉了聯繫，妳的心境上有什麼轉變嗎？」

「你知道為什麼我都稱他們男人、女人嗎？」

「為什麼？」其實對於她的故事，我還有千百個為什麼想問。

「因為爸爸、媽媽只陪我到十五歲。」她拿起水，又喝了好幾口，「後來這些日子，可能連他們都看不清自己了吧！一個開口閉口都是錢，另一個不知道躲去哪裡，連女兒的生與死都沒關心過。」

「面對他們關係的變化，妳覺得他們已經不是當初妳熟識的親人了，是嗎？」這次不敢再用肯定句。

「有時候時間教人忘了當初最純粹的關係，不計代價的，真誠付出的。大概也是因爲唯有這麼稱呼他們，我才能理直氣壯的搬進那間新屋子，不是代表我利用了誰，又選擇跟著誰。」

忽然，她的聲音轉爲哽咽和顫抖：「我離開了男人，但是我的心不曾離開爸爸。我跟著女人搬進去，但我眞正想一起生活的，是我的媽媽。」淚水滑落，她用沙啞的聲音問我：「他們到底去哪裡了？」

「時間改變了很多事情，或許他們之間發生了很多難以細數的故事……」

「那我呢？我一直都沒有變啊！諮商師，我一直都在原地等待他們啊，可是他們怎麼就越走越遠了？好，他們變了，沒有關係，但爲什麼要逼迫我跟著他們往前走？逼著我跟十五歲時那疼愛我、珍惜家庭的爸爸、媽媽說再見，要我在男人和女人之間做選擇，爲什麼？」

我將衛生紙盒推到她的面前，輕輕的說：「好像有一個回憶的盒子，妳一直住在裡面，那裡面很舒適，有你們一起在餐桌上吃飯的談笑聲、每一次妳生日的慶祝歌聲、第一天妳上小學，他們目送妳的背影，還有好多妳從一歲到十五歲成長的點點滴滴，但是隨著時間一直走，盒子裡只剩下妳一個人，妳還想守著，現實卻不斷要將妳拉出這個盒子。」
掩面哭泣了許久，牆上的時鐘滴答滴答的走著，我不忍中斷她的哭泣，在我眼前的這位成熟女性，化作嬌弱無比的童齡女孩。
「你知道爲什麼我來找你嗎？」抬頭，她把眼淚擦乾，「那天，我決定，好，老娘就在你們之中挑一個，從今後我耳根清靜。我試著接受這女人就是我媽媽的事實，但在夢裡，我看見爸爸不停的流淚，他問我怎麼走了？好像是在問我，怎麼逃出那盒子了，他還在裡面呢！」
那天她在諮商室裡哭了好久好久，我靜靜的看著她顫抖、抽搐，好像我也走進去了那個盒子，看見她孤伶伶的一個人，背負著對爸爸、媽媽的思念，也背負著對男人、女人兩邊都不討好的罪惡。
一直到有人來敲門，提醒我下一個當事人在外頭等著，我忍住了好大的衝動，才沒有伸手拍拍她的肩、安撫她。
臨走前她告訴我，她會把費用結清，包含上一個月沒有來的四次。
「雖然沒有來，但每週只要時針走向了十，來到了諮商的時間，我就會讓自己躺在回憶的盒子裡一回，就當作還是佔用了你的時間躲進了回憶裡吧！」

「妳還要預約下次嗎？」在她轉身要往門外走去時，我追問著。看似在確認訊息，但若是有錄音的話，我的督導很快就會發現這個問句，帶著我自己的期待和某部分的移情。

「如果不用付錢，我鐵定再來。」

「呵……」我尷尬的微笑回應著。

「開玩笑的，有付錢關係才明確，沒付錢的，都是眞心眞意。」

「我是……」眞心眞意的。正想說出口，卻立即意識到這句話的不對勁，打住，靜靜的看著她。

「我知道，諮商師的原則，眞誠一致，呵！對誰都眞誠一致，那跟在情場上騙人的浪子有什麼不一樣？」看似在替我打圓場，卻無形中又被她放了一把冷箭。

「進去吧！準備去眞心誠意面對你的下一個個案吧！」揮揮手，她轉身離開我的諮商室，飄逸的長裙，如同第一次見到她的模樣，輕飄飄的，像是與世無爭的仙女。

但誰能眞正的與世無爭呢？

※

回首這段長達半年的諮商，我彷彿只是拿了張椅子，走進了她的生命，看著她的故事，偶爾當旁白替她的故事下些註解，有時想參與，給予同理和溫柔，她卻毫不留情面的，把我狠狠趕出局。

或許她早已打算封塵她的故事，不讓任何人介入，大概也介入不了了，最重要的主角——爸爸和媽媽都不在了，劇本怎麼還算數呢？

她的故事看似暫告一段落，但我相信，我們還會有見面的時候，如她所說的，水到渠成，某天，她又會像一陣風吹來我的諮商室，讓我陪著她走完剩下的那段路，或許是陪她好好的跟十五歲的自己道別，又或者是重新修復她和「男人」、「女人」的關係。等她再躺進回憶的盒子一會兒吧！

不知道等到再次遇見的時候，她會不會付雙倍的價錢，把這些等待、空白的日子一併算進去，然後又說：「這樣關係才會明確。」

真正想事不關己的人是妳，

好像開口的人不是妳，

那份罪惡感就會減輕一些。

十七歲的愛情

T的身上總是散發著我無法抵抗的魅力，痞子的氣息，幽默的談吐，最令人憧憬的是他說走就走、勇敢追夢的樣子。他在校園裡號稱萬人迷，帥氣的外表，配上一流的彈吉他技巧，讓不少女生爲之瘋狂。我呢？是默默在他身邊的小跟班，替他拿水、拒絕學妹邀約的擋箭牌，用好朋友的身分，親近卻又疏遠。要扮演好朋友的角色，就必須隱藏好自己的心意，哪怕是聽見他和熱舞社的學妹搭上關係，也得強裝鎮定。

今天是吉他社成果發表的慶功宴，一如往常，他又收到了好多粉絲的信，我們聚在社窩裡，一張一張讀著：「原來我這麼受歡迎啊！」T滿意的笑著。

「你身邊就有一個了，你怎麼不看看？」帶著戲謔的聲音，副社長用手指朝我的方向一比，我抬頭碰巧對上T的雙眼，心虛的低下頭。

「誰啊？你說小萍嗎？」貼近我，T壞笑的說。

「哈哈哈，我沒說誰喔！看誰臉最紅就是她啊！」副社長搭腔道。

「白癡，不要亂講啦！」我匆忙的推開T，起身跑出門外。

幾天我避著T不敢見面，就怕自己露了陷。

調整了一陣子，我像以往稱兄道弟的方式搭著他的肩，問他要不要一起去福利社。T將頭撇向我，用曖昧的眼神盯著我說：「呦！我還以爲妳永遠不理我了。」

「咳……咳……」眞是哪壺不開提哪壺，我像觸電似的，趕緊將手收回。不料，他卻伸手抓住。

「喜歡我，可以跟我說啊。」T將臉湊近，我忍不住屏住呼吸。他雙眼灼熱的望著我，幾乎快把我燒起來了。我試圖想把手抽回，他卻抓得更緊，我著急的看著他，快被逼出眼淚。

「別用這種眼神看我，讓人想親一口呢！」語畢，我趕緊將臉別開，手仍舊包覆在他的掌心裡。「做我女朋友。」在我耳邊，他用低沉的嗓音說道，然後輕輕放開我的手，隨手摸了我的頭，撥亂了頭髮。

可惡，眞可惡，連告白都這麼輕浮，連在一起都這麼霸道。頭也不回，我朝教室的方向急奔而去。

※

十七歲，我們跨越了友情的界線，他成了我的初戀，在最美的年紀萌芽了愛情。我們羞澀、粗糙的談著這段情，偶爾會爭執，但很快，我就會被他的甜言蜜語擺平。他很浪漫，喜歡製造生活的小驚喜，像是買花、送巧克力，甚至爲我寫一首歌。活在他的寵溺裡，就像住在高塔裡的公主，安全且滿足。

今年夏天，是我們在一起的一百天，我們相約到海邊踏浪，海浪拍打的聲音至今我仍忘不掉。

我們在沙灘上奔跑，踩了身上一堆沙，等候他在公共浴池沖洗時，手裡握著他的手機，傳來了訊息提示聲，下意識看了螢幕。

「學長，明天下課可以到教室教我彈吉他嗎？」

心揪了一下。

「看什麼？」用毛巾擦拭著水，他望著我問

「啊……沒什麼，好像，學妹邀你教他彈吉他吧！」我裝作不在意的撩頭髮。

「喔！她啊！教她很久了，妳想來可以一起過來啊。」

低頭，沒有回應，這個答案聽似該感到心安，但不知爲何心裡始終沉悶。

隔天放學，我來回在教室外踱步，猶豫著要不要用送飲料的名義，實則去「查勤」。

「想去就去吧！飲料都要被你搓破了。」副社長朝我推了一把，回頭望了他一眼，我鼓起勇氣朝學妹教室方向走去。

走廊盡頭，聽見吉他旋律和談笑聲，我一步一步走進，心跳也跟著加速，擔心映入眼簾的，是什麼不可接受的畫面……。走到窗邊，我看見他坐在桌上那帥氣的臉龐，修長的手指，彈著吉他、哼著旋律，嘴角的酒窩讓人忍不住想伸手去戳。

我在心裡吶喊：「怎麼可以，這麼有魅力的畫面怎麼可以讓別人欣賞！這專屬我的微笑，怎麼可以讓別人分享！」

「你來啦！」抬頭，他看見我，跑出教室接走我手上的飲料，「等你好久啦！」

「等會兒晚自習，記得準時。」不等他伸手撥亂我的頭髮，我賭氣的扭頭離開。

※

晚自習，他傳紙條告訴我，要到外面聊聊。

「妳怎麼啦！丟下我一個人就走。」

「以後，能不對別人彈吉他嗎？」說完，我都覺得自己幼稚。

「蛤？」果然摸不著頭緒的他，用驚訝的表情看我。

「我不喜歡你對別人笑，對別人彈吉他，對別人……」說到這，接不下去了，好討厭這樣小氣的自己。「你會公開我們的關係嗎？」不安的我，顫抖著問。

「我不喜歡這麼高調。」

「你為什麼總是可以這麼無所謂？這麼……」氣到連話都說不清楚，我其實想問自己，為什麼他這吊兒郎當的樣子，會讓我愛到無法自拔？我早該知道你是這樣的，為什麼現在才在自討苦吃呢？

「我一直都是這個樣子啊。」

是啊，你一直都是這個樣子啊，當朋友的時候，就該知道你一直都是這樣子。

從此，我不再參與任何他的演出，每當看見他受歡迎的模樣，越感到自己的渺小，好似全世界都要跟我瓜分他一樣。

然而，離開他的興趣，就是離開他的生活圈，漸行漸遠。晚自習，他經常請假，不是練團，就是和哪場表演又衝到時間。

「你應該多留一點時間讀書。」沿著回家路上的河畔，我語重心長的說著。

「唉呦！讀書好無聊，讀書可以幹嘛？」他賴皮的提高音量。

「不讀書，你以後靠什麼吃飯啊？」

「靠彈吉他啊！」他笑著勾住我的肩，「怎麼樣，以後我紅了，養你好不好？」

「你眞的很幼稚。」

愛情裡最現實的，便是同年齡的女孩永遠比男孩成熟。我剎那間看清了這場戀愛的模樣，男孩玩著扮家家酒的把戲，演著會愛你一輩子的荒唐劇本，然而他卻不打算爲了你做任何一點改變。

「你覺得自己愛我嗎？」

「當然。」

我搖搖頭，「不，你不愛，你愛的是你自己。」

他用水汪汪的大眼望著我，好似我對他審判了死刑，「別用這麼萌的表情看著我，會捨不得的，你要知道，要一位女孩領悟這些，一點都不容易。」

讓一位女孩在十七歲，領悟愛情不是永恆的，看清愛情不是「我養你」三個字就能圓滿的，是多麼殘忍的一件事。

今年的秋天來得甚早，夏天短暫的如同我們的愛情，曇花一現，連同友情一併被埋葬。

T退回了非戀人的界線，不得不誇獎，這是一路走來，他做得最好的一件事。對於我提出的分手，T沒有挽留，或許他覺察到自己未曾想過要定下來，又或許他發現我們並不適合走在一塊。

他喜歡吃海鮮，我喜歡吃蔬菜；他喜歡推理，我喜歡文藝。曾經我們說過相愛這些都不要緊，可終究過程不那麼容易。當時究竟是合理的判斷這段愛情會無疾而終，還是不合理的期待對方活成自己想要的樣子？

關於愛情，誰有答案呢？

他喜歡海鮮，我喜歡蔬菜；他喜歡推理，我喜歡文藝，曾經我們說過相愛這些都不要緊，可終究過程不那麼容易。

欠的何嘗只是一句道歉

如果當時阿烺在離開前，和小娟說聲道歉，小娟可能會原諒他。所有人都這樣以爲著。

直到看見小娟日後青春的樣子，我明白她一輩子都不會原諒阿烺，因爲她從前一直扮演著賢妻良母的角色，從不知可以這麼快樂的活著。

阿烺的離開至今仍是個迷，如同他漂泊不定的人設，沒有人知道他後來去了哪裡，過上什麼樣的生活。只記得當時有個大人這麼說：「他有一天醒來，發現自己眞的不愛了，所以轉身離開。」後來聽說阿烺經營事業失敗了幾次，小娟嘴裡說著不在乎，仍嘮叨唸著：「當時都是我幫著他，他還眞以爲自己有那個能耐。」

阿烺在小娟的世界裡，扮演著英雄，所有人都說小娟不能沒有阿烺，因爲他罩著她。然而，英雄何嘗不需要觀眾？能扮演柔弱、屈服一角，絕對非小娟莫屬了。

結果，誰也沒有眞的離不開誰，阿烺意氣風發的離開，即使聽說後續很多關於他落魄的故事，他也不曾後悔回頭過。

小娟當時軟弱的一哭二鬧三上吊，誰也沒料到如今她獨立帶著三個孩子離家。往事成了老掉牙的笑話，當它可以成爲笑話，意味著逐漸成了過去式。

其實他們之間還有很多細數不清的情份，人生大半輩子依著彼此過，要切割就好似混色的黏土，用力的拉扯、掰開，好不容易成了個體，卻滿是污濁、誰也脫不了身。這就如同前陣子火紅的韓劇《夫婦的世界》經典台詞：「要從分享大部分人生的夫妻之間，刪去一個人，就如同交出我身體的一部分，這份痛苦會原封不動的延續到彼此身上。」

無數寧靜的夜晚，這對怨偶阿烺和小娟，在各自的住處點起一根菸，想起那段荒唐的歲月，或許都還會掉眼淚。菸頭燒呀燒，剩餘的盡是煙灰殘骸，這場婚姻欠的何嘗只是一句道歉？

此生要不辜負彼此，實在太難太難。

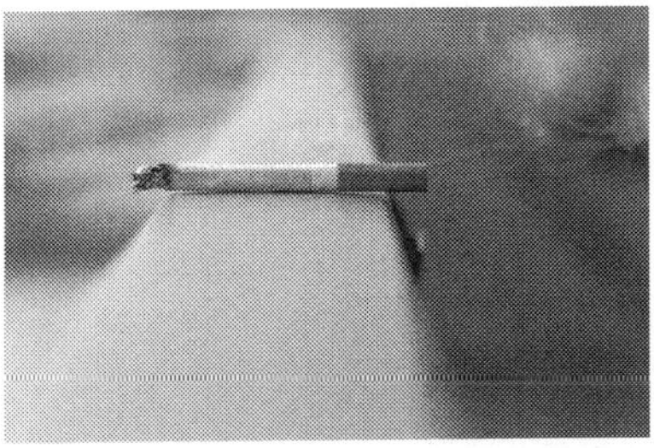

結果，誰也沒有真的離不開誰。

生日快樂

第一聲哭泣，是誕生的喜悅，周圍的人爭相將她抱在懷裡，他們說是她的乾媽、阿姨、伯公。呱呱墜地後的生活其實不太有印象，只依稀記得每年的生日都會收到來自四面八方的禮物；每一次的哭泣都可以換來他人的注意與安撫。她對這五顏六色的世界感到新奇，對好玩的東西都想嘗試。

上了小學，一直弄不懂爲何要早起，並且按表操課，她彷彿進入社會化的訓練，團體合作、人際互動、自制規律、道德規範等，令她最狐疑的是排名，課業要排名、體育要競爭、連趣味競賽都有名次！漸漸的生活變得有壓力，爸媽不再對她的好奇一一解惑，更多時候在督促作業與學習的進度。她的世界被一剖爲黑白兩面，成績好、乖巧順從在白色；成績差、有主見在黑色，於是她展開對「數字」的追求，他們說成績好、得到越多笑臉印章，以後可以賺更多錢。

初中時，家裡的爭吵越來越多，他們爲了錢、爲了教養方式惡言相對，他們忘記今天是她的生日，沒有蛋糕、沒有蠟燭，只留下滿屋的寂寞。他們沒有教她怎麼看待自己、如何愛人。她的身體出現第二性徵，她不知道怎麼面對，不明白這樣的變化是什麼意思？爲什麼補習班的男老師總盯著自己胸部看？她開始注重自己的外表，這裡長了青春痘、那裡瀏海不夠長，她努力在班上找尋自己的朋友圈，努力在社群網站經營自己的形象，小心翼翼不讓自己被討厭。

基測放榜，她勉強塡上倒數的公立學校，那時的課業簡直快應付不來，各大補習班打出不一樣的口號，但她看上去盡是：好大學才有好前途。家裡的餐桌長滿了塵蟎，爸媽不再睡在同一張床上，甚至聽說爸爸愛上別人了。她變得不愛回家，喜歡在學校留到晚上，玩社團、聊夢想、挑戰制度邊緣的事，翹課、喝酒、無照駕駛，老師和家人都對她很頭疼，他們說對她很失望，但她也對整個世界好失望；他們說想關心她，然而卻不問她想要什麼，說來諷刺，那些他們口中叛逆的事蹟，卻是她眞正感到活著的時刻。她這才明白，很多關心一旦錯過時間便毫無意義。

十八歲那年，她飛出鳥籠，填了一間離家鄉最遠的大學。在那頭的城市，聽說爸媽離婚的消息，突然不知道自己該歸屬哪裡、那些童年回憶該放在哪個儲存槽，甚至懷疑那些快樂他們可否記得過。她又哭又笑，笑自己重獲一張白紙，哭自己不知道該拿什麼工具繪畫，繪畫些什麼，那些被說很重要的三角函數、國學常識、實驗公式，怎麼都派不上用場了？這裡的每個人都戴著一張面具，猜不透他們眞正的想法，有時候笑著對話，轉過身卻捅你一刀，她知道了，這裡的每個人都在保護自己，他們各自帶著原生家庭的議題辛苦的活著。她談了幾場戀愛，做了幾次愛，每一個都訴說著永遠，卻每一個都中途離她而去。到了即將畢業那年，她不知道自己還得再漂泊幾年。

經濟不景氣的氛圍竟也影響到自己，那些讓人稱羨的工作多是公務人員，鮮少有人跟她一樣想冒險，塡飽肚子都來不及了。公司的上司總是不聽她的解釋，用自己的理想做事，付出的心力遠和薪資不成比例，小時候最喜歡跟人互動，長大後發現工作最難的一切都有關於人。爸媽老的速度比想像中快，冬天咳嗽得厲害，身形也逐漸瘦小，來不及安定事業與生活，卻戒備著他們的老邁。至於感情，這個年紀與其說談戀愛，更多時候是在篩選對方是否符合結婚條件，唉，這些年來一個人生活也沒什麼大不了。

那天晚上她買了塊蛋糕和啤酒，給自己說聲生日快樂。

她談了幾場戀愛，做了幾次愛，

每一個都訴說著永遠，

卻每一個都中途離她而去。

都煮妳愛吃的

辦公室裡的主管 Tina 要結婚了，茶水間裡的同事調侃著，是誰這麼「幸運」，能駕馭這位皇后。人家說精明能幹的女強人肯定很難嫁出去，難搞、太聰明，甚至曾有人下注，Tina 肯定孤老終生。

眾人齊聚的婚禮上，大家都好奇新郎的行頭、來歷，但除了看上去陽光有朝氣，沒什麼太特別的。投影布幕上，放著他們的相遇與相識，原來新郎是某間餐廳的廚師，因爲 Tina 時常光顧，因此有了交集。

台上 Tina 接受著主持人的訪問，說這小子三天兩頭就會傳來問候語，不確定動機是眞心關心，還是爲了促銷業績，惹得大家哄堂大笑。久而久之，她開始習慣和他分享生活，倒也不是想聽他什麼精闢的分析，只是生活裡有人聽自己說話，挺好的。她其實從沒想過，會把未來交給怎麼樣的人手上，畢竟生活、工作的一切，她都能自理得妥當，甚至完美。

某次她遇見事業低潮，便打算找他出來訴苦一番，順便用山珍海味滿足自己味蕾，洩口慾之憤。正想著他會帶她到怎樣的餐廳、是什麼樣風格的裝潢、又是怎樣的美味佳餚，車子卻開往他的住宿去，家裡頭桌上擺的不是大魚大肉的高級食材，是花椰菜、油雞、菜脯蛋、丸子菜頭湯，那些平常她愛吃的家常菜。

「都煮妳愛吃的。」她有點驚喜，原來生活的細節，他都放在心上。不知是味蕾刺激，還是氣氛催化，她拿起筷子，吃了幾口菜餚，竟感動得熱淚盈眶。

接著，他將雙手交疊放在桌上，下巴靠在手上，專心的看著她品嚐，她用半戲謔的口吻說：「以爲這樣就能打發我呀？」只見他面不改色，不急不徐的用那低沉卻乾淨的嗓音說：「或許我沒辦法爲你上九天撈月，下五洋捉鱉，但我會在每一次妳需要休息的時候，在妳身邊陪著妳。」她先是愣了一下，接著噗哧笑了出來：「你這小子，介紹菜單時挺敷衍的，倒是背情話特別流俐。」她笑著作勢朝他身上打去，話是這麼說著，她的眼角卻落下了兩行淚。

你是不是和我一樣，在耀眼絢麗的結婚禮堂，看到站在台上的那對新人不是王子和公主，是一對平凡無奇的少年和姑娘？

台下掌聲如雷，大家爭相舉杯，我跟著人群起身，口中歡呼著對新人的祝福，似乎也在替這年頭還有的樸實愛情感嘆致敬。

沒想到，愛裡最感動的，

僅是那些日常再平凡不過的舉動了。

木頭男孩

「所以你到底喜歡我什麼啊？」晴子一邊張口吃著檸檬口味的薯片，一邊撫摸著躺在她大腿上的我，漫不經心的問著。

「嗯……可愛吧！哈哈！」然後得到我一個不正經的答覆。

「哎！眞是敷衍，當時應該讓你寫個喜歡我的一百個理由才和你在一起。」

回想起兩個月前和晴子告白的那天，是烈日炎炎的正中午。我把她帶到天台，然後支支吾吾的說著告白台詞，誰知她不假思索的吻上我的雙唇，帥氣的奪走我的初吻，說這就是她的答覆。

※

晴子喜歡綁著馬尾、綻放燦爛的微笑，每天十一點四十五分，她都會準時到辦公室跟大家收午餐的費用，這時，我們會有兩分鐘可以對話的機會。

「吼！大哥，怎麼這麼多銅板啊？」她俏皮的吐舌，張開手掌接過我手上的零錢，發出金屬碰撞的聲音。

「這次的指甲彩繪很清新，好看。」

「謝囉！從你點的午飯、對我的稱讚，我已經對你的喜好瞭若指掌囉！」

我咧嘴笑著，哈！上班族八小時談什麼快樂呢？就貪圖這兩分鍾和小姊姊搭話，一天的能量就算補足了。唉，怎麼有股魯蛇的味道？

是說她今天身上穿著的杏色素T搭上牛仔褲，穿著一雙再鄰家女孩不過的帆布鞋，怎麼就這麼吸睛呢？果然「簡約」是我喜愛的風格。

「欸，下次你要不要試試別的口味？酸辣海鮮麵，又酸又辣包準你過癮！」正當我想著出神，她突然從我的身後冒出，用手指比了比菜單，投向我真摯的眼神。

「行！妳推薦就吃一下囉！」

她如同賣出一項產品的銷售員似的，燦笑著離開，甩著頭髮的背影，留下了一走廊的淡花香，仔細一聞，那帶點柑橘的香味，讓人好著迷。

這如同陳奕迅和劉若英飾演的電影《隱婚男女》情境，我似乎就在這股香味魅惑下，漸漸掉入圈套……。

某天午休的辦公室特別熱鬧，原來是小姊姊搞了花樣，說自己會算塔羅，桌邊圍繞著一群人。

「晴子，妳再幫我算一次啦！看看我和隔壁公司的張男還有沒有望？」

「啊！不算了，不算了，算多了我會變得倒霉，天機不可洩漏。」她揮揮手將大家打發掉，然後拿出枕頭準備午休。

和我對眼的瞬間，她朝我做了一個鬼臉，讓我站在原地傻笑了半分鐘。

「笑什麼？欸，你是不是喜歡我啊？」當我回過神，她已經站在我的眼前，拉著我的手開心的晃啊晃。

「什麼喜歡？」身爲男人，還是要有點矜持，我故作鎮定的把她的手甩掉，然後清清嗓子走回位子上。

隔天竟然聽見同事張皓說，晴子因為我甩開她的手哭了整整一夜，覺得自作多情，誤會了我的心意。我慌張的想找她道歉、解釋，她卻鬧了個超大的脾氣，整整三天不跟我說話，我可著急了，擬了個告白稿，就在那天日正當中和她告白了。

※

「想想當時，我是不是被妳跟張皓整了？」

「什麼整了？不要點伎倆，你這木頭，我看拖到明年都還沒告白。」

她說對了，我真不是個主動的人。我親暱的躺在她軟綿綿的大腿上，聞著那熟悉的淡花香味。

「那你覺得我們現在的關係……下一步該怎麼發展呀？」

來了，我最害怕她三不五時的致命考題。

「啊……我不知道。」

「又不知道！」她朝我肩膀揍了一拳：「起來起來！我今天就重操舊業，幫你算塔羅，看看你未來的感情運勢。」

「好，這不錯。」我感興趣的坐起身子，但很快的我回過神：「欸不要。」

「蛤？」

「幫別人算，妳會倒霉，運勢不好，不要好了。」

「噗！哈哈哈哈哈哈！」突如其來的，她捧腹大笑，眼前的這女子笑得有如京劇裡的小丑，十分浮誇！

「幹嘛？」

她將雙手繞在我的頸後：「你知道爲什麼我毫不猶豫的跟你在一起嗎？」

「爲什麼？」我百思不得其解的看著她。

「因爲你好可愛呀！雖然又呆又木頭，但笨拙的替我著想挺可愛的。」甩開她捏著我鼻頭的手：「聽起來不像誇獎。等等，所以替別人算塔羅，到底會不會讓妳運勢變差？」

「你還糾結那問題，或許會吧！我不知道，但當時我更想擺脫大家的糾纏。」

她捧起我的臉，左右搖擺晃動著：「說你是木頭還不信，有夠可愛呀！」

「噴！」我又躺回去她的腿上，閉上眼睛輕聲問著：「我家裡的沐浴乳要用光了，妳洗的是哪個牌子？」

「你喜歡那個味道啊！想跟我洗一樣的嗎？我用的是甘橘梨花木香味的。」

「其實我是想說……」

「嗯？」

「我買了以後，妳要不要搬過來住？我們一起生活。」

睜開雙眼，我看見晴子的臉頰染上一抹嬌羞的桃紅，挺起身子，對著她的櫻桃小嘴吻了下去，這回，她心裡鐵定想著：木頭配上柑橘梨花，果眞絕配啊！

我的思考迴路很簡單，

就是喜歡妳，想和妳一起生活。

最後的溫柔

脫離18歲已過一段歲月，高中認識到現在的朋友，仍舊三五成群的四處遊玩，在這個朋友圈裡面，多數是成對的情侶，唯獨琪和K不是。琪是單身，K的女朋友則是圈外人。

琪的個性爽朗直接，異性緣特好，我們常開玩笑的把她和K送作堆，讓合照唯獨「單身」的兩人，看上去不那麼突兀。大家笑著稱琪是K的地下情人，一方面賭定K對女友的專情不會受影響，一方面也認定好人緣的琪，不會隨意踰矩。

只是，人時常都高估自己的自制力，這無傷大雅的玩笑，當時都往他們心裡去了。

多年後，琪告訴我，他們私下開始有了更多交集，但也不是什麼齷齪的事，就是單獨見面吃飯、聊天，偶爾K會在節日送禮表示關心。琪一直把K視作「朋友」，直到她發現在聚會上，她開不了口，分享那些私下和K的互動，這才驚覺，作賊心虛。時間耗啊耗，他們沒有因此更親密，卻也回不到原點的純粹。直到大學畢業，大家步入職場幾年，K在一場KTV聚會上發送喜帖給大家。

那天琪把自己灌醉，她拿著麥克風大笑K不懂享受人生，及早就踏入婚姻的墳墓，但更多像是在笑自己，笑自己愚蠢，把青春種在不可能開花的土裡。笑著、笑著，她竟然哭了，她往K的胸口搥去，包廂瞬間安靜，大家面面相覷，沒有人知道他們之間發生了什麼事，K沒有反抗，只是倒了杯水、抽了衛生紙，輕拍她的背。

「妳說，難道他沒有對我心動嗎？」一直到現在，琪始終不知道答案，但似乎也不重要，這段感情就這樣悄悄的收進她的心房，成了永久彌封的秘密。

「但是，妳都不好奇他的答案嗎？」我問。

「如果他說『沒有』怎麼辦？」

「如果有呢？」

「那他也不能開口，多折磨他的。」

原來不問，是琪對K最後的溫柔。

搬不上台面的感情難以啟齒，所以藏得深，看得淒美，也因此特別讓人難以忘懷，

畢竟得不到的，永遠最美麗。

願你永遠記得這段淒美、搬不上檯面的情緣，這也是我佔據你的一種方式。

離別在冬末

那年冬末，台灣平地竟然飄起雪，我們站在校園湖畔，看著雪花紛飛，任憑雪霜落在你我的肩頭，我們笑得好快樂。原來「輕飄飄」是這種感覺，我們彷彿成了兩片雪花，自由自在的飛翔。你在我耳邊說，喜歡我的單純、與世無爭，說我總能讓你想起年輕的時候，聽了我都覺得神奇。我更是迫不及待的回應你，我喜歡你的穩重、責任感，喜歡你從頭到腳，關於你的全部我都喜歡。你帶著寵愛的眼神看著我，笑著說我實在太任性。

隔年春暖花開，愛的濃烈隨之增加，我們的互動不再如朋友般的打鬧，換上了一套甜言蜜語的模式，依賴、習慣著彼此，儘管這一切不能公開，我仍甜滋滋的陷在愛裡面。

不能公開是我們的約定，或者說是現實層面必須做到的事，但不要緊的，有專屬我們倆的秘密，我也覺得夠幸福的了，甚至……還有點享受這樣的禁忌感呢！眞要說唯一的小遺憾，大概是沒能享受被男友護送到家的疼愛吧！你總是在離家兩、三個街口就提前讓我下車。

在眾人的面前，我們不說話，你始終小心翼翼，行進時，你走那頭，我走這頭，明明要去同一個地點呀！偏偏相聚的場合總是許多，光是一星期你就佔據了我的生活四天，偶爾兩、三秒的眼神交流，你也會很快的移走目光。漸漸的我按捺不住情緒，感到了無奈和落寞，在一起前起碼還能打打鬧鬧呢。

我異想天開的以你朋友的身分，試著融入你的生活圈，我想這樣或許可以拉近年齡差帶來的距離，連我都覺得自己眞是太聰明了。

只是怎麼就不小心發現，彼此的世界是那麼的不一樣。

我融不進你們的話題，而你的朋友好像也不太在意我的存在，這十五年的距離我還眞不知該從何追起。那些養身、育兒的話題，我半點興趣都沒有，怎麼就不聊聊追劇、美妝呀？聊工作我也行啊，雖然年紀小，但也吃了不少苦，有幾分打工的經驗。但是你們非得一副正經八百，談學術、扯成就的樣子，我眞覺得不自在。

酷熱的夏天悶得我們開始煩躁，笑容越來越少，爭吵從無到有，停在樹上的蟬兒唧唧叫，像極了我在耍賴時，發出的令人作嘔的聲響。我爲了見面的時間不夠耍脾氣，爲了躲躲藏藏生悶氣，也爲了價值觀不同冷戰，總算聽懂你們「大人」說的，愛情是傷身又傷心的事。

「我只是想談一場平凡的戀愛而已。」電話裡我嚎啕大哭，實在不知道哪邊出錯了，怎能讓相愛的我們倆，都快成了冤家？你用熟悉的口吻哄著我：「妳乖，聽話，不要亂想好嗎？」

「我可以去見你嗎？」

「很晚了，早點睡吧！」

「爲什麼不讓我見你？」

「乖！很多事妳現在不會明白，妳還太年輕了……。」

「對！我知道我很幼稚，我知道很多事我不懂，我知道我離你很遙遠……」爲什麼這十五年的距離就這麼望塵莫及呢？爲什麼我已經這麼努力了，卻還要承受那些無法改變的事實？爲什麼我不能和其他人一樣，和別人聊著自己的愛人，曬著閃照說我們的相識和相愛？

那年暑假特別難熬，爭吵的不安全感，碰上遠距離的考驗，我差點都要忘記愛情是什麼模樣了。

唯美的秋天，你說旅遊能讓我們重溫，看了一路的紅楓和落羽松，心境也平穩了許多。在民宿的床上，待你浴洗時，拿起床頭的手機，這是第一次我窺探了你的隱私。我看見你向一位女生傳了訊息：

對不起，但我現在眞的不能愛妳，她比妳更需要我，下次好嗎？下次如果有機會，換我追妳好嗎？

從臉書的資料看來，大概是你同年紀的朋友，看著這則訊息，卻哭不出來，我能感受到酸楚在胸口翻滾絞痛著，卻還理性的分析，是不是其實你已經不那麼愛我了，你只是明白我有多依賴你，所以用著責任、愧疚綁住自己？責任感是我最欣賞你的特質，但從沒想過有天它將成了你對愛情的羈絆。

原來我們都沒有勇氣面對事實，從一開始到現在都是，不願看清我們的差距，更不願承認我們終將走到盡頭的命運。

我知道只要我不開口要求，你是不會離開我的。你的責任出自於軟弱，你不忍看我受傷，又或許不忍看自己背負傷害我的罪名。如果當時我明白我們之間是不可能的，我不會上演奮不顧身的戲碼，和你演一段沒有觀眾的愛情戲；我會克制住自己，讓時間停留在我們最初認識的時候，打打鬧鬧、把酒言歡。

我自以為的禁忌愛慾，其實只是變質的過程，從友情變質到愛情，再從愛情變質到依賴，最後變質成責任。別再用世俗輿論當作擋住我們愛情的城牆了，別說謊了！那道跨不過的牆，是我們自己，懦弱膽小的自己。

或許對你而言，我眞的太不懂事了，但至少我知道愛情的本質應該是讓人快樂的。所以在這回結局裡，讓我自作主張聰明一回，你也別怨我，就當作我倆心甘情願耽誤彼此青春一回。

我躡手躡腳的穿起衣服，提起行李，悄悄闔上門，關上了我們的未來，也關上了我的青春。

老師，謝謝你，讓我學會愛。

當你看到我在梳妝台留下的字條，我正在離開這個城市的路上，拜託別像偶像劇的男主角來追我，愛情裡我們演夠多戲了。老師你可別覺得愧對或抱歉，放心，我會趕在冬末，我們相識的季節前，聽從父母的安排，遠赴加拿大留學。離開，也是愛情的一種選擇。

那些日子，錯把「不適」當「磨練」，

就當作我倆心甘情願耽誤彼此青春一回。

守夜人

「玲，妳還會失眠嗎？」

終究，他還是把玲最害怕的這句話問出口了。

在大學的通識課，玲和阿海分到同一組，因此開始有了交集。

在 Line 的群組裡，大家熱烈的討論著，唯獨阿海從未在群組裡說過話。玲是個做事細膩、按部就班的人，她習慣在大家都結束發言時，才慢慢閱讀訊息，然後在夜裡統整出結果貼在記事本上。

「叮鈴！」某天玲收到了一則陌生訊息，居然是阿海！

她好奇的立刻點下訊息查看。

不好意思……妳睡了嗎？

玲還來不及回覆，阿海立刻打傳來了下一則訊息：

太好了，妳已讀了！抱歉，我在做報告上遇到了一些問題，看妳好像都很晚睡，所以跑來問妳。

原先只是報告上的指點、交流，後來他們也開始聊起了無所謂的話題。

阿海：妳爲什麼都這麼晚睡呀？

玲：說在沉思是不是太文青了？

於是阿海給了玲一個暱稱，叫「夜貓子」，那是第一次玲不是獨自一人熬夜。

某次群組展開通話，爲了隔天的報告做口頭練習。阿海因爲球賽缺席，在夜裡他再次傳了訊息和玲求救。

夜貓子，我好緊張，可以找妳練習嗎？

第一次和阿海通話，玲緊張的按下接聽鍵，「嗨！」阿海低沉的嗓音傳入她的耳裡，玲感覺到心跳漏拍了一下。

通話了十分鐘，玲被阿海幽默的談吐渲染，不再尷尬，和他聊起生活日常，明明是五分鐘的練習，卻聊了半小時還沒結束。

「妳說妳常失眠啊！看看能不能和我聊一聊就睡著。」

於是那晚，玲也給了阿海一個暱稱，叫「守夜人」。

然而陪伴會依賴，自然就成了習慣。

玲不由自主的會在半夜傳給阿海訊息，問問他有空嗎？彷彿這是個暗號，阿海總是會有默契的撥電話過來，聊些日常、伴她入眠。

就這樣持續了一陣子，玲也說不上對阿海的感覺，究竟她是爲了戒掉失眠需要阿海，還是爲了和阿海通話而有了失眠？

「生日快樂。」過了午夜十二點是玲的生日，阿海成了第一個祝福她的人。「妳有什麼願望呢？」

「我想知道一個關於你的秘密。」玲說。

「好！」阿海爽快的答應，但是等了半天，阿海卻遲遲不敢開口：「說出來妳不要笑我啊！」

「不會的，快說吧！」

「我……喜歡的女生昨天答應和我在一起了！」阿海的聲音如同電流傳送到玲的全身，難受得讓她快喘不過氣。

「妳怎麼不說話？」阿海問。

「喔……沒什麼，我……有點睏了。」

「是喔！我也正想問妳一個問題。」

「嗯？」

「玲，妳還會失眠嗎？」

玲感覺到熱氣逐漸在眼眶裡聚集，霧霧的，看往窗外的夜景，模糊卻閃耀光芒。

「如果說不會，你就不會再打來了，對嗎？」玲吸吸鼻子，故作鎮定的問。

「哈哈，代表我這守夜人當得算是挺稱職的。」阿海沒有正面回應。

「如果說會，你還會像現在一樣，陪我說話、睡覺嗎？」玲的聲音逐漸顫抖，或許她也意識到這個問題的不合適，儘管如此，她仍帶著一絲期待。

那晚是他們的最後一次通話，好幾次夜裡，玲想起了阿海，一邊流著淚，一邊告訴自己不可以再越線。她不敢問出口的是，阿海有沒有那麼一刻對自己感到心動？有沒有那麼一刻，也因爲習慣，而對她產生一點點的依賴？

「恐怕不行了，我有更重要的人需要我的陪伴。」這是阿海的答案。

守夜人沒有治癒夜貓子的失眠，卻在夜裡注入了更多想念。

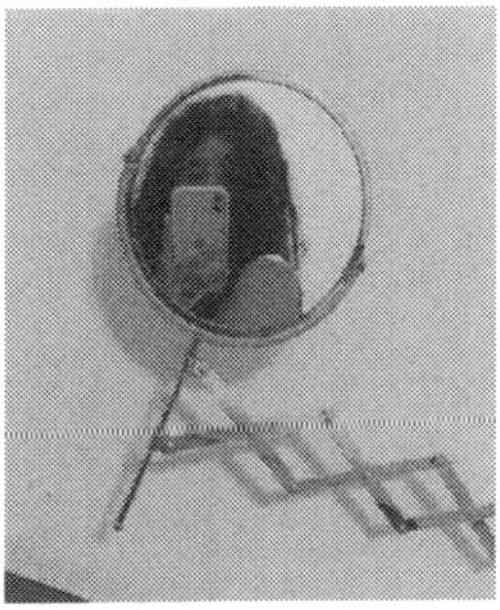

究竟是為了戒失眠需要愛情，

還是為了愛情而有了失眠？

情婦的由來

嘿！硃砂痣：

你知道一段關係開始變得不尋常，大部分都從取外號開始嗎？只有兩個人自己懂的語言，屬於他們的小世界。

長大以後才知道，「相愛」不一定適合「在一塊」，有的時候走到一塊了，卻把原本的美好都磨光了。所以膽小的我們在原地踏步，用「曖昧」的朦朧美來包裝對彼此的心意。

很多關係不一定要「在一起」才足以證明彼此的重要性，努力的經營、維持，小心翼翼，不讓它搞砸，更是代表它的珍貴，好比我們。

儘管這段曖昧面對龐大的質疑和未來的不確定性，終將苦澀，我仍感謝在好幾晚的暮色裡，有你的陪伴。

「我只當情婦，不做正宮的。」每當我說這話時，你就罵我不正經，然而在那嬉鬧的玩笑聲裡，不知道你是否聽見我的眞心？想當你永遠得不到的白玫瑰，讓你忘懷不了的白月光呀！

得不到的永遠在騷動，

被偏愛的都有恃無恐。

陳奕迅《紅玫瑰》

嘿！跟你說一個秘密

在晚餐的餐桌上，小妍漫不經心的聽著永康分享著最近他著迷的台劇《想見你》，在一起的這段歲月，小妍經常分神，她對於和永康的這段感情，始終不安也覺得罪惡。

「喂！我在說話妳有沒有在聽啊？」永康用筷子在小妍面前揮動了兩下。

「啊？你說到哪裡？」回神的小妍，眨了眨雙眼，讓自己的思緒專注於當下。

「妳又沒在聽我說話了。」永康嘆了一口氣，扒了一口飯吃，含糊的說：「我說，如果妳也能穿越時空，妳最想回到什麼時候？」

「噗！」小妍差點把飯噴出來：「你想這個幹嘛？現實生活中又不可能發生這種事。」

「吼，妳很不浪漫耶，不能假設性的想像一下嗎？」

小妍搖搖頭：「我不回答假設性的問題。」

這話題就這樣被小妍畫上了句點，永康很是無奈，大口塞著魚和肉。

「話說，雖然不能回到過去……」小妍抬頭看著永康：「我倒是有項超能力。」

「什麼超能力啊？」永康興奮的放下筷子，兩眼睜大緊盯著小妍，看似很感興趣。

「我可以讓事情朝向我想要的方向發展，除了生老病死以外。」

「眞的？」

「但……我沒把握可以百分之百成功啦！不過我目前試驗了幾次，都有成功。」

「怎麼做？快點告訴我！」永康興奮到站起身來，坐往小妍的身邊，拉著她的手，像小孩一樣興奮的叫喊著。

「哪有這麼輕易告訴你的啊？這可是我研究很久才發現的呢！」小妍故作神秘的甩開手。

「蛤！那要怎樣你才肯跟我說？」

「嗯……，我想想，不如今天的碗盤就交給你洗囉！」小妍清空了剩下的飯菜，用著調皮的語氣說道。

「小 case，交給我，妳不知道我有另外一個稱號嗎？洗碗小達人。」

「哈哈！是嗎？那太好了，洗碗小達人，以後就都麻煩你了哦！」小妍起身，把碗筷放到洗碗槽。永康很快的跟過去：「那我洗完，妳就要跟我說超能力的故事喔！」

「再考慮，看你的表現囉！」小妍揮揮手，朝房間走去。

「欸！哪有這樣的啊，劉小妍你很過分欸！」

※

小妍白天念研究所，晚上則以兼差家教來維持日常生活開銷。今天她教授的對象，是位正在準備會考的國三女孩，小妍陪伴著她練習數學題，卻被女孩手上數條深深、淺淺的傷疤給吸引。

「妳手上爲什麼有這麼多條傷痕？」小妍用鉛筆指往女孩手腕的方向。

「喔……這個……不小心被紙割到的啦！」女孩將手腕朝下蓋在桌面上，試圖想遮住傷疤。

「看起來不像啊！」小妍一把抓起女孩的右手，近看端詳。

「喂！」女孩快速的抽手：「不要亂抓我。」

小妍被女孩的反應及音量嚇了一跳：「妳幹嘛這麼激動？」見女孩不搭話，她又再度伸手朝女孩的右手腕抓去。

「不要碰我！」女孩發出強烈的反抗。

但小妍不顧女孩的反抗，硬是抓起了她的右手，仔細瞧往她手上的傷疤，小妍大叫了起來：「天啊！妳這是自殘對吧？妳爲什麼要自殘？」

沒想到女孩不客氣的回嘴：「妳只是一個家教而已，關妳什麼事？」接著用力的將手抽回，憤怒的瞪著小妍。

聽到這，小妍也忍不住斥責道：「喂！什麼叫我只是一個家教而已，妳傷害自己，我當然要關心妳啊！」

「不用妳操心。」

「好，妳不告訴我原因是不是，那我現在去告訴妳媽。」小妍挪開椅子，起身要朝房外走去。

「喂！等一下。」女孩叫住了她，心不甘情不願的說：「我跟妳說了……，妳不可以說出去。」

「我會自己判斷事情的嚴重性，妳快告訴我，發生什麼事了？」

女孩低下頭沉默不語。

「妳快說啊！」小妍按捺不住情緒：「是不是在學校有人欺負妳？」

「不是。」女孩的聲音顫抖著：「是媽媽一直逼我念書，讓我很累。」

聽到這，小妍慢慢的走回位子上，抽取了放在桌上的衛生紙朝女孩遞去。

「她每天一直、一直逼我念書，這本寫完後寫另一本，每天幫我安排不同科目的家教，我總有上不完的課、寫不完的題目，模擬考成績不達滿分，一分打一下，退步打雙倍，前幾天她說爲了讓我專心念書，把我最愛的電腦給扔了，我快撐不下去了……」說到這，女孩掩面低聲啜泣著。小妍伸手拍了拍她的肩膀，試圖想撫平她的情緒。

小妍輕聲的問：「妳有試著和媽媽溝通嗎？」

「我講過好多遍了，她都認爲我在找藉口，甚至在頂嘴。我連想自殺都說出口了，她還是不肯相信我……」女孩的肩膀顫抖得更厲害了。

「辛苦妳了。」小妍鼻酸的不停拍著女孩的肩：「即使這樣妳也不要傷害自己呀！能對自己好的人就只有妳自己，不可以連自己都傷害自己。」

見女孩不搭腔，小妍更是著急：「不然妳告訴我，我可以怎麼幫妳？」

「沒有用的，媽媽很固執，妳幫不了我的。」

小妍無奈的低下頭，忽然，她睜大雙眼，似乎想到什麼辦法：「不，我有一個很好的方法可以幫助妳。」

女孩好奇的抬起頭，用著水汪汪的大眼看著小妍：「可以怎麼做？」

「妳放心交給我，今晚我就幫妳處理，我可是有改變未來的超能力！」

「真的嗎？妳要怎麼做？」

「等成功了我再告訴妳。」小妍露出了一抹神秘的笑容，雖然不確定她要做什麼，但女孩聽了充滿希望，滿是歡喜的朝小妍點了點頭。

當晚小妍在客廳向女孩的母親說了一番話便離去。回到家時，她收到了女孩傳來的簡訊：

老師，妳跟媽媽說了什麼？她抱著我大哭，說以後不會再逼我念書了，還說要把我所有家教先停掉，等我主動開口時，再讓我上課！

看見簡訊的小妍嘴角上揚，開心的笑著，似乎替女孩解除了危機感到歡喜。她敲敲打打著鍵盤，回傳了這封簡訊：

能幫到妳就好，雖然停掉家教也代表我們暫時不能見面了，考試加油！

叮鈴，只見女孩又回傳了一封。

老師，妳可以跟我說「超能力」是什麼嗎？

這次，女孩沒有再收到小妍的回信。

※

今天是小妍和永康在一起的七周年，永康邀請了見證他們愛情長跑七年的高中朋友一塊兒到餐廳吃飯慶祝。小妍穿得光鮮亮麗，完美展現今天女主角的氣勢。

「欸永康，你何時要跟小妍求婚呀？」飯局吃到一半，其中一位朋友帶著幾分醉意問到。

「還沒啦！才二十多歲不急啦！反正小妍這輩子都注定跟我啦！」永康伸手勾住小妍的肩膀，笑得很甜蜜。

「你少臭美了。」雖是這麼說著，小妍臉上藏不住幸福的笑意。

「你們當初是爲什麼在一起啊？時間久到我都想不起來了。」坐在最角落的朋友問著。

「就……好像是小夫跟我說的吧！有次體育課打完籃球，他突然把我拉到旁邊，說什麼要跟我說一個秘密。」永康用手敲著額頭，看似很努力在回想。

「他說什麼？」大家好奇的異口同聲問到。

「能說什麼？不就說小妍暗戀我一段時間了嗎？哈哈。」永康笑著捏小妍的臉，眼神滿是寵溺。

「哦！所以小夫是愛神囉！幫小妍射出邱比特之箭？」大家起鬨著大笑。

「何止愛神？我還拉了一把永康，當時他剛跟允樂告白完被打槍，無精打采的，聽到還有另一個女孩喜歡他，眼睛都亮了起來。」已經七分醉的小夫，又嚥下了一口白酒，看似挺爲自己促成這份情緣感到得意。

提到允樂，永康愣了一下，提高了音量：「唉，別提允樂了，當時看她明明對我也有情意的，居然打槍我，切！」只見一旁的小妍拉下臉，笑容漸失，永康趕緊改口說到：「不過好險她打槍了我，我才能和小妍現在過得這麼幸福，對吧？」說著，永康湊近小妍的臉龐。

小妍勉強擠出了笑容：「你有點喝醉了。」輕輕推開他搭在肩膀上的手。

這場聚會可得來不易，大家平時忙於工作，各自在不同縣市打拼，鮮少聯繫，也因此大家喝得十分盡興，暢談著那些過往，高談闊論未來。小妍攙扶著連路都走不穩的永康，一同回到住屋處。

小妍一邊褪去永康的襪子和西裝外套，一邊忍不住抱怨：「酒量這麼差，還愛喝這麼多。」

迷迷糊糊中，永康一把將小妍抱到床上，嘴裡吐出的氣滿是酒味：「我好愛妳喔！」

掙脫不了永康的懷抱，小妍放棄掙扎，靜靜的看著永康的臉龐，思考了片刻，她開口詢問：「問你，如果當年小夫沒和你說我喜歡你，我們有可能在一起嗎？」

「哈哈！那可能就不會了。我神經很大條的，根本不會注意到原來妳暗戀我。」

說著，永康朝小妍的臉上親了一口。

「唉呀！走開，好臭。」

酒精作祟，永康越吻越深情，褪去上衣，兩人翻雲覆雨的親熱了起來……。

※

「怎麼拖這麼久？」等待小妍下班的永康問到，只見小妍開起車門上了車，看起來很不開心。

「本以爲那家教媽媽今天是要跟我談薪水、上課模式，誰知道她找來另外一位老師，說要一起面試並選其中一位，把我們當市場的菜在選一樣。」小妍氣嘟嘟的將手插腰。

「蛤，這家教媽媽眞是欺人太甚！算了，這個工作不要接也罷了！」永康替小妍出氣。

「我本來也這樣想，可是她鐘點費開得很不錯，我想要這份工作。」

「那妳覺得自己面試得怎麼樣？」

「你又不是不知道我很不擅長臨場反應，另外一位家教老師在媽媽問完話後，就搶先回答，說了一大串，東扯西扯聽起來很有學術、很專業，輪到我，就什麼都答不出來啦！全被她說走了，我要說什麼？眞氣人。」

「這樣看起來贏面不大欸！那算了啦，我們再去找下一份，反正家教 case 這麼多。」

「你很不會安慰人欸，什麼叫贏面不大！」小妍這一下更氣了，將身子側往永康，生氣的質問。

「不是啊！妳就錯失了回答的良機了啊，不然能怎麼辦，用超能力時光倒轉喔？」

永康覺得自己很無辜。

「咦？我怎麼都沒想到，對齁，我還有超能力咧！」說完，小妍拿起手機，興奮的敲起鍵盤來。

「妳幹嘛？」

「幹嘛？用超能力傳一段話給家教媽媽啊！扭轉結局。」

「切！還眞得咧，妳傳什麼，我看看。」

「不要！你呢，就靜觀其變好了，晚點就收到我錄取的消息囉！」永康見小妍得意、自信滿滿的樣子笑了出來，無奈的搖搖頭，彷彿這一切是場鬧劇。

※

到家後，永康先行到了廁所關上門：「我先洗澡喔！」

只見小妍叮叮咚咚的從客廳直奔到廁所打開門，朝正在脫衣服的永康手臂打去，發出響亮的聲響：「嘿嘿，我成功了！」

「喔！很痛欸劉小妍，什麼成功了啦？」一頭霧水的永康瞪著小妍。

「錄取啦！明天正式上班！」

「眞的嗎？到底是什麼超能力，這麼厲害？」永康伸手想搶過小妍的手機，只見她靈活的閃過，跑出浴室關上門：「不告訴你咧，快點洗澡吧！再不洗就關你浴室的燈喔！」

「妳到底要賣關子到什麼時候？妳眞的很幼稚欸。」浴室傳來了流水聲，小妍坐在客廳露出了滿足的笑容。

※

夜晚，小妍坐在書桌前認眞的翻閱著書本，今天是她連續熬夜的第二周，爲了趕出研究論文，可是費了一番苦心。

「還再忙哦？」帶著睡意從房裡走出的永康，從身後朝小妍抱去。

「快好了，你累了先睡。」

「不要，妳好久沒陪我睡覺了。」

「好啦，你起來啦！你這樣抱著我，我更難打字。」

永康起身，坐到小妍一旁：「欸，我媽問我什麼時候要跟妳求婚？」

「啊……？不是說好……等我研究所唸完以後嗎？」小妍搔搔脖子，看起來有些不安。

「嗯，我知道啊，妳今年應該可以畢業了吧？論文不是快趕完了嗎？」

「再說吧……未來這麼多變數。」

永康聽見小妍的回答，皺了眉頭：「我怎麼覺得每次跟妳提到結婚，妳都一副……不是很情願的樣子？妳在擔心什麼嗎？」

「擔心？沒有啊，就覺得不用……不用太著急吧！哈哈，我們都還這麼年輕。」

小妍乾笑兩聲，掩飾自己的焦慮。

「劉小妍，妳就誠實告訴我吧，我認識妳這麼久了，妳只有在說謊的時候會結巴。」

永康將小妍的身子轉向自己，「說，怎麼了？」

「你眞的想知道嗎？」

「嗯。」永康點頭：「我想娶妳，我當然想知道。」

「那好吧！」小妍闔上電腦，深吸了一口氣，「我覺得如果要步入婚姻，就必須對彼此誠實。所以我決定把我擁有超能力的事情告訴你。」

「哦！眞的嗎？那太好了。」永康猶如即將發現外星人蹤跡般的期待，雙眼閃爍。

小妍板起嚴肅的臉孔，娓娓道來：

「這個超能力，就是，我發現……只要任何你想表達的事，前面加上『我跟你說一個秘密喔！』，它就可以朝你想要的方向發展。」

「蛤？屁咧，我才不信。」永康皺著眉頭，似乎對這答案有些失望。

「是眞的！你還記得上個月，我跟你說我有一個家教學生，她會自殘嗎？」

永康點點頭，小妍繼續說道：「她已經跟她媽媽說過好多遍，她壓力很大，快撐不下去了，她媽媽都認爲她在找藉口，不願改善教育方式。那天我答應她，要幫她改變。我去找了她媽媽，跟她說：『阿姨，我跟妳說一個秘密喔！我發現慕尹有自殺的念頭，她說她讀書壓力好大……』。我只是在前面加上那句神祕咒語，再把學生說的話一模一樣、原封不動的說一遍，她媽媽就改變啦！」

永康若有所思的點點頭，半信半疑的問：「可是，也只有發生這一件事而已啊，不足以證明，這是什麼厲害的咒語吧！」

「還有一次，上禮拜我不是被家長找去面試嗎？」

「嗯啊，妳說妳後來被錄取了，爲什麼？」

「一樣啊！我把另一位應徵者的話原封不動的抄上去，只是前面加了一句咒語，像是這樣：『媽媽，我跟妳說一個秘密喔！其實我呢，家境也很不好，需要這筆收入……對於教學我也有……的理念。』我甚至連內容都不用想呢，照抄另一個人的就好。」

「天啊！妳這心機也太重了吧！哈哈哈，不過妳這招高明，我要學起來，好一個超能力啊！再來再來，妳再說說看，妳還有什麼成功的案例？」聽到這，永康似乎也著迷了起來。

「還有……，就是我今天要跟你說的重點了。」小妍收起笑容，雙眼直勾勾的望著永康。

「嗯？」

「我必須跟你說這個秘密，高中……，其實允樂是喜歡你的。」

「是嗎？對嘛！我就說嘛！我明明感覺她是喜歡我的。等等……，不對，那她爲什麼要拒絕我的告白？」

小妍的眼眶逐漸泛紅，但她仍舊用著堅定的語氣說：「你和允樂告白的那天，我刻意傳了張紙條給允樂，我說：『跟妳說一個秘密喔！我喜歡永康，而且喜歡他好久好久了。』」

聽到這，永康沉默了下來，盯著小妍好一陣子，然後驚訝的張大嘴巴：「所以，所以允樂拒絕我，是因爲不捨對妳造成傷害？」

「我想是的。」

「妳……天啊！」永康將手指插入亂糟糟的頭髮中，一時驚訝得說不出話來。

「當時我太害怕失去跟你在一起的機會了，所以我才……」小妍焦急的抓著永康的衣角，眼見她都快被逼哭了，永康暫時放下情緒，握住她的手：「好啦！事情都過這麼久了，只是我那時跟她也曖昧了好一陣子……。唉，好啦！不說了，反正後來我也愛上了妳。」

「但是……但是……」小妍的聲音漸漸變小，難過的哭了起來。

「但是什麼？妳慢慢說，怎麼了？」

「我把一模一樣的話，轉達給當時你身邊最好的朋友，小夫，我知道他一定會傳話給你。」說到這，小妍掩面泣不成聲，這話可把永康震住了，好似他們在一起，都是她安排好的一場騙局。

「不是，劉小妍，妳這樣我會覺得自己好像被妳安排好了，這一切都是妳設好的局，然後等著我跳進去，妳怎麼可以這樣啊？」

「對不起、對不起，我眞的太想太想得到你了。」

永康焦躁的來回踱步，不知如何面對眼前的這位朝夕相處、再熟悉不過，此刻卻如此陌生的女孩。

「看妳哭成這樣，我能怎麼辦呢？唉。」儘管如此，永康仍上前，抱住小妍。

「剛剛我的開頭說，我要跟你說一個秘密，現在你抱我，是不是也是因爲咒語的關係，對我同情，認爲我鼓起勇氣向你坦承這些，你不可以丟下我？」

原本拍著小妍的背的手，突然停下了動作，永康倒退了三步，「劉小妍，我現在，我現在眞的不知道該用什麼心態面對妳，我……我覺得妳好可怕。」永康的眼眶也變得濕潤。

「不要，不要覺得我很可怕，拜託。」上前，小妍想抓住永康，卻被永康一把推開：「妳知不知道，我覺得自己很像被騙了七年，這些年來妳都用著什麼心情來面對我們的感情？」

「我覺得很愧疚，我很抱歉，所以我不停想和你確認，你到底爲什麼愛上我，我想知道，不是因爲當時我說的那些咒語。」

「不要再說那什麼鬼咒語了！那根本不是咒語，也不是什麼超能力，那就是妳用來得到妳想要的東西的手段而已，是妳的心機，是妳在操弄人性。」永康幾乎不曾如此憤怒的咆嘯過，他回房拿起手機和錢包，「我出去冷靜一下。」碰的一聲甩上門，留下小妍獨自一人在偌大的客廳裡。

※

小妍和永康的關係從此出現了裂痕，永康這陣子有一天、沒一天的外宿，有時簡單的傳訊息告知小妍他睡同事家，有時連聲通知都沒有。

最不想發生的事終究發生了，小妍雖覺得焦急，卻無可奈何，不敢給永康壓力，深怕再做錯一步，就會失去他。望著客廳裡擺著的合照，小妍靜靜的坐在沙發，從天亮到天黑，她就這麼靜靜的待著，燈也沒開。

身邊的朋友多少察覺到兩人的不對勁，紛紛傳訊息來關心，但面對排山倒海的疑問，小妍力不從心，也不知該從何解釋起。唯獨小夫，直殺到小妍家，就擔心她想不開。

「這陣子，永康都不常回家是嗎？」小夫到了杯水給小妍。

「恩。」輕聲的，小妍回應到。

「其實有件事，我一直不知道該不該說。」

小妍緩緩的將頭轉向小夫，似乎這番話終於引起她的興趣。

「外面的朋友有在傳，永康這陣子去找允樂了⋯⋯」

「你說什麼？」小妍激動的放下水杯，抓住小夫的手臂：「爲什麼去找她？」

「哎呀！妳別這麼激動。」小夫撥開她的手，「這也還沒求證，就外界在傳而已。」

但小妍怎麼可能按捺的住情緒，她拿出手機打給永康，要他今晚就回來說清楚。

沒想到永康面對小妍的質疑，只是淡淡的說要和她分開一陣子，讓彼此都冷靜。

「你和允樂重新搭上了，是嗎？」

「妳在說什麼？這是我們兩個的事。」

「你敢說你沒去找她嗎？」

「妳爲什麼要變得這麼尖銳？就算我們見面了，她也和我們倆的感情無關，妳還不明白嗎？重點是我們兩個之間的信任已經破壞了。」

「破壞？你在我們兩個吵架期間去找另一個女人，還是你曾經追過的人，你說我能變得不尖銳嗎？那女人趁我們吵架時出現，她也眞夠卑鄙的！」

「劉小妍！卑鄙的人是誰？是誰打從一開始就在這段關係裡不誠實？」

「怎麼樣？我說她你不開心了是嗎？你就是恨我嘛，恨我破壞你們的緣分，如果不是因為我，你們或許現在在一起、很幸福，現在有了吵架的理由，你便迫不及待找她，再續前緣……」

話還沒說完，便被永康一聲怒吼給打住：「沒有人要背叛妳，從來都沒有，妳只是一再的被強大的自卑心牽引著，妳永遠都活在有人要破壞妳感情的恐懼裡，妳作賊心虛，所以擔心我隨時離開妳！」氣急敗壞的永康，句句刺向小妍的心。

「我更想要妳光明正大的喜歡我啊！」發自內心的，永康幾乎哽咽的說。

原先歇斯底里的小妍，此刻卻冷靜了下來，眼眶泛著淚水，表情卻無比堅定：「我早就知道這世界沒有什麼咒語，只有人性。你和允樂藕斷絲連我早就發現了。」

說到這，永康詫異的看著小妍，不發一語。小妍繼續說道：「那才不是什麼咒語，我並沒有眞的擁有你，你比我還清楚不是嗎？分手吧，這個祕密讓我們多年感情的不安浮上檯面，也是一件好事。你重新整理你的心意，我也重新思考自己究竟是不甘願失去你，還是不能失去你。」小妍用手擦拭掉臉上的淚水，抿了嘴唇說：「這幾天我會搬走。」便打算轉身回房。

「小妍……」永康伸手抓住小妍，還想再說些什麼，卻被小妍阻止，她輕輕撥開他的手，「永康，別讓兩個女孩都受傷了。」說到底，大家都一樣，在感情裡不夠誠實，才會被人性操弄得遍體鱗傷。

如果當年允樂，誠實面對自己喜歡永康的心，或許她不會拱手讓出這段愛情，而在事後因心有不甘，和永康藕斷絲連著；如果永康有勇氣放下允樂，承諾小妍幸福的未來，就不會在這段關係裡不忠；如果小妍不是愛自己勝過於愛永康，不會在最後被自尊心擊垮，用不光明的手段綁住永康。

在這段關係裡，誰都不夠誠實，誰心裡都藏有一個秘密。

嘿！跟你說一個秘密，那些說對
感情忠貞的人，可能也曾動搖過。

特別收錄——愛情的顏色

—深棕—秋楓之戀—

喜歡在秋天談戀愛，不冷不熱的天氣，適合旅遊、賞楓，然而沿途的美景卻比不過你幽默的談吐，吟吟笑聲蕩漾在徐徐微風，你說喜歡我笑起來眼睛的弧度，我更愛你嘴角旁的酒窩。今天穿著的配色是土色，配合這樣子的季節，多希望和大地融爲一體，穿著風衣穿梭在老街的我們，跟韓劇浪漫的橋段像極了！戀愛的步調很緩慢，緩慢到我願意和你就這樣走到老邁，哪天與你共乘在庭院的秋千上，欣賞著日落餘暉，聽著趙詠華《最浪漫的事》，慢慢聊、回憶過往。

—暗紫—偷嚐禁果—

特別想放縱的夜晚，適合皮衣和短裙，高於五公分的高跟鞋，才能襯托今天的氣勢。酒杯交接，耳邊呢喃細語，身體碰觸，似巧非巧。如果你讀懂我的暗示，請不要再逃避我的邀約。我想感受你的手指、溫度、氣息，迷濛的眼神，你知道這是貓女的誘惑。躲不過激吻的快感，褪去上衣，在歡愉裡，道德教條被拋在七情六慾之外，禁忌凌駕於理性之上，放蕩的喘息聲徘徊於深夜。

—艷紅—紳士淑女—

菜單上的排餐顯示五位數，和你一身名牌正好速配，清澈的玻璃杯盛著美酒，沉香韻味，是 1990 的拉圖堡紅酒。你一言一語的談著事業、成就，左手腕上的錶反光得讓我刺眼，我轉頭望向玻璃窗外的夜景，怎麼和人共享晚餐卻比一人寂寞？門當戶對，敢追我的人大概就像早已事業有成的你，看見我的光鮮亮麗，欣賞我的做事能力，然而比起那些存款餘額，我更想聽見你的問候，哪怕只是一句：近來過得好不好？

—柚橘—學生時代—

梳起馬尾，別上領結，夏天的高溫讓不透氣的制服緊貼肌膚。升旗台上的教官滔滔不絕，我的眼神卻總飄向左前方三班的你。三七步的站姿，不合規定的髮色和耳洞，連衣服都紮得叛逆。突然間，你回了頭，對到眼的瞬間我感覺到自己面紅耳赤，低下頭閃避，眼睛直盯著白鞋上的黑污漬。晃如隔世，鐘響升旗結束，和你擦肩而過的瞬間，多害怕你聽見我呼之欲出的心跳聲，卻又多希望你能主動找我攀談。回到教室的座位上，壓抑著內心的失落，今早可是特別早起，爲你擦上了橘色唇膏。

—桃粉—任性少女—

條紋高膝襪、兩條辮子，我一向習慣在生活裡我行我素，也特愛 Jolin 最新推出的《怪美的》一曲。擁擠的夜市，我窩在你的胸懷裡，要你射中氣球換我最愛的玩偶，你摸了摸我的頭，寵溺的深深一吻，我知道你從不會讓我失望。一手抱著玩偶，一手被你牽在口袋裡，你帶著我吃遍各式的甜點，糖葫蘆、草莓奶酪、巧克力棉花糖，無微不至的照顧與呵護，就是我的愛情，我的全世界。

如果你讀懂我的暗示，

請不要逃避我的邀約。

散文／一杯咖啡的餘韻。

遇見五年後的我

我是個不擅長早起的夜貓子，今天久違的在中午前起床，在梳妝台前化了很久的妝，拖拖拉拉，然後喝杯奶昔當作午餐。

今天的行程是聆聽催眠課程，雖然費用稍貴，但能體驗回顧前世、預觀未來，實在令人迫不及待。其實不是第一次接觸催眠，但上次不小心在過程中睡著了，這回特別逼自己前一晚在十二點前上床，避免憾事再發生。

課程一開始，照著老師的指令引導，將身體全然放鬆，接受著言語的暗示，進入到潛意識層面。迷迷糊糊中，我看見一個女嬰在父母的懷裡，笑得可愛、滿足，父母雙眼直盯著女娃，滿眼是幸福。房子的擺設看起來家境不錯，除了客廳坐的那三人，沒有其他的人物了。

老師描述這是前世的影像，我擁有百分之百的關注，無人和我瓜分父母的愛，對比今世家中有三個孩子、家境清寒，可說是天壤之別，老師說這可解釋爲輪迴，人的命運必交替存在。聽到這，我聯想自己擁有的「老二情結」，常覺得排序老二，爹不疼、娘不愛，既沒有老大的穩重，也沒有老三得人寵，看來我可能是懷念前世獨生女擁有的關注。

催眠進行到了中段的時候，場景換了，我看見自己彷彿身在孤兒院的房間裡，和八、九個孩子睡在一塊，手裡拿著繪本，打算念到他們入睡，我感覺自己像是德蕾莎修女般的神聖，如此憐憫，用生命關懷他人。我還能感受到自己聲名大噪，報章雜誌刊登著我的故事，標題類似「年輕女孩將一生奉獻給弱勢孩童」。這是一段對2025年的預示，它是建立在「無人爲因素改變」的前提下產生的，可將它視爲警惕，調整現在的計劃；或將它視爲「安心丸」，知道此刻自己正走在正確的道路上。

所以我五年後會在孤兒院工作嗎？有點出乎意料，不過回想目前正在做的事，好像也不是不可能。我會定期捐款，並將課程適時融入助人的活動，例如設計明信片販賣捐款、在聖誕節寫信，祝福在弱勢機構的小朋友。更神奇的是，我在當天晚上，收到一封弱勢機構寄來的邀請信，主旨是一同參加聖誕派對，爲孩子祈福。這一切的巧合只能說太神奇了。

然而對此，老師的見解卻截然不同，他問我在這段催眠過程中，感受最深刻的是哪一段？「上報章雜誌那一刻。」我誠實的說。老師說沒錯，我在意的、想擁有的是別人對我的肯定、社會的眼光，這句詮釋，不偏不倚的打中我心，啊……，還是落入社會期許的圈套了嗎？老師接續的說：「妳應該靜下來思考，妳要的到底是什麼？終身行善固然偉大，但眞的是妳要的嗎？還是妳只是想重拾前世得到的尊寵？」見我不搭腔，老師溫柔的說：「妳無須立即回覆、甚至也無須回復，只要妳找到答案就好。」事實上，在他問出口的同時，我已經知道答案了。（至於答案是什麼，就讓我放在心裡當秘密吧！）

最後催眠來到往生前十分鐘，我感受到深刻的懊悔和某部分的滿足，懊悔感來自有好多想做的事尚未完成，像是環遊世界、籌畫這本書；滿足感來自，生活的大多時刻，我都努力充實的過著。還記得我躺在一間充滿藥水味的病房裡，象白牙色的壁紙，我插著呼吸器躺在床上，一動也不動，圍繞在床邊的盡是不熟悉的面孔，沒有家人、朋友、愛人，時間再接近死亡些，來到了最後一分鐘！原先在頭頂的天花板，居然漸漸消失，變成寬闊的天空，過世的親朋好友面帶笑容朝我揮手著，突然間我不那麼害怕了，想著死後能和他們在一塊兒，也沒那麼擔心了。

「五、四、三……」老師慢慢將我們拉回意識，醒來的那一刻，我差點叫出聲：「天啊！我還沒死！」催眠的過程眞實到彷彿身歷其境，我伸展著四肢、轉動著手腕，確認自己存在的時空。「好險還沒死，我還有好多事想做呢！」老師拍手說著：「對，記住這種感覺，這就是催眠的目的。」不論眞僞、不論未來或前世你是什麼身分，能改變此刻的生活態度，才是最重要的！

這是一段很有意義的旅程，藉由回顧前世理解今生的議題，預見未來調整自己的步伐，人生能有幾次如此震撼的體驗，姑且不論其科學眞僞，相信在當下，所有人心中已埋下「改變」的種子。

課程結束，我用緩慢的速度騎車回家，連拂過臉龐的微風，都覺得格外珍惜。

回顧前世理解今生的議題，

預見未來調整自己的步伐。

在愛裡爭吵，別忘了堅守的幾件事

撲朔迷離的曖昧很美，水深火熱的熱戀很怦然，熱情退去的平淡……嗯，是生活。生活有柴米油鹽醬醋茶，有爭吵、有疲累，不必壓抑它的產生，那是誠實面對自己，在意這段感情而發出的心聲，但是在你一言、我一語的同時，別忘了堅守幾件事：

一、別讓情緒主宰你

情緒通常跑在理智前先聲奪人，「反正你就是這麼自私」、「你到底有什麼病」、「你一定是愛上別人了」，這些話不盡然是你想說的，但你好希望他這次聽你的，重視你的不滿，所以用極端諷刺的字句，好讓他加倍的撫慰你。試想當你聽到這些話，是不是也被燃起了憤怒，讓爭吵變得更棘手？

爭吵容易使人放大情緒，「他這次是真的太過分了」、「我好委屈」、「心真的好痛」，悲傷放得太大，遮蓋了耳朵、眼睛，聽不進去對方的解釋、忽略對方心疼你受傷的眼神。

曾在一位專門分析愛情婚姻的專家寫的書裡，看見他分享爭吵時不該冷戰的論點，我卻持相反的意見，其實關鍵時刻的冷戰很重要！但與其說冷戰，我更想換個詞說——「冷靜」。情緒是需要時間消化的，拉開距離才能把癥結點看得更清楚些，夜深人靜使人可以好好省思，自己剛剛說的話是不是過分了些、他是不是也正在流著淚、哎呀！為了這種事鬧彆扭是不是太小家子氣了？

然而要特別提醒，冷靜不等於逃避，待你們都能平靜進行對話時，務必好好溝通上次的不對勁，千萬別避而不談，或者摟摟抱抱當作和解，騙得了一時的風平浪靜，瞞不過一世的暗潮洶湧。

二、只論此時此刻

爭吵最常見的就是翻舊帳，「你上次也是……」這句話意味著，自己並沒有接受上次爭吵的結果。這一下把五顏六色的黏土攪和在一塊兒了，如何解？恐怕無解了。

「也」和「又」在英文裡都屬頻率副詞，表示一件事情再次發生，如果用在負面事件上，挺讓人灰心的，以師生互動舉例，學生多次干擾上課秩序，老師嚴厲指控：「爲什麼再犯？」學生接收到的是一再被否定的挫折感，自信度降低，甚至自怨自艾：「對啊！我就是這樣的人，不然要怎樣？」然後開始表現如老師們口中的那樣；老師這方當然也不好受，氣得牙癢癢，因爲他認爲這學生無藥可救了、或許也氣自己教導無方。

問題本身已是燙手山芋，實在無需節外生枝，只需聚焦在此刻，假使這次他犯的錯誤是之前一而三、再而三提醒過的，試著看見他的努力和改變，哪怕只是那麼一小步。例如他又沒等你忙完，自己先睡著了，但這次他有事先告訴你工作很累、特別睏；他又遲到了，但這次他來時氣喘如牛，用奔跑來爭取時間。戀人如同親子（咦？不小心暴露自己的愛情模式了嗎？），適時的讚美對方進步的地方，相信下次他會更接近妳理想的目標。

三、別栽贓了他

姊妹淘、兄弟間最常聊的茶餘飯後話題，便是另外一半的惡行，恨不得將他的惡行公諸於世，讓朋友們幫你咒罵他一輪。

尷尬的是，某天你們和解了，當所有人還在霧裡看花時，你已經和他重修舊好。可惜你的伴侶沒機會替自己的罪刑洗冤，讓你的朋友們重新翻轉對這件事情的看法，以及對他的解讀，不知不覺中，你「抹黑」了他，這對你的另一半來說，一點都不公平。更糟的是，這可能會成了你們之間的疙瘩，試想你的朋友圈都對他持有不好的印象，他的面子往哪兒擺？他該如何在你的生活圈存活？

但是不說，難不成要悶在心裡，憋壞自己嗎？當然不是，而是我們要練習「客觀」的陳述事實，亦確保聆聽者是理性的，才能將小事化無。

四、你們始終是平等的

愛情裡沒有誰特別高尙，吵架不是競賽，不需爭個你輸我贏，落得場面難堪，贏了面子卻傷了感情。況且愛情裡談何對錯？只要是雙方能接受的，那都是對的。你覺得A方案好，他覺得B方案佳，那就來個彼此都能接受的C方案吧！彼此都退讓一點，也堅持了一點，這就是磨合。

愛情是平等的（或者說身爲人類，都應該是平等的），所以請在戀愛中的讀者們，一定要對自己有信心！如果特別自卑，會老是覺得對方不夠愛你，不平衡的心理會在每次爭吵浮現。若總覺得自己付出的比較多，理所當然會不情願，請確保每一次的付出都出於「自願」，若是奢望同等的回報，那不是愛情，是在談生意。

我特別喜歡電影《比悲傷更悲傷的故事》裡頭的一段台詞：「我不需要有人在寒冬裡給我送熱咖啡，而是跟我一起吃冰、淋雨；我不需要有人守護我，而是跟我一起冒險。」愛情關係對等，才能一起享受著。

五、相信一切是爲了繼續走下去

這是核心也最重要的信念，對於未來目標一致、懷有希望感，知道會攜手、伴著彼此一直走下去，所以現在的爭吵僅是磨合、調整，這是多棒的一件事。

這和喜歡把「永遠」的承諾掛在嘴邊是不一樣的，信念是一種意識，因爲感情的穩定、對彼此的珍視，而產生要一起走下去的「信用」和「理念」，進而支撐每一次的難關、爭吵，想繼續在一起，信念就得禁得起考驗。所以恕我再嘮叨一點，這一篇文章的出發點來自於「愛」，倘若愛失去了，爭吵也變得無意義。

最後，祝福每一個在愛情裡的你們，都能找到專屬你們的相處模式，並且幸福洋溢。

騙得了一時的風平浪靜，

瞞不過一世的暗潮洶湧。

破除對心理諮商的刻板印象

求助不代表軟弱，它象徵著我們正努力的活下去。

當身邊的人聽見我正在接受心理諮商時，用豆大的雙眼看著我，先是驚訝，很快的轉為同情，接著說：「天啊！你還好嗎？發生什麼事了？」

「沒有怎麼了，只是想和過去的自己和解。」幽幽的，我回答。

在東方國家仍舊對心理諮商抱持著刻板印象，多數人深信只有精神異常的人，才需要尋求心理諮商的幫助，但在如今高壓的社會環境下，壓力指數升高，多數的人都曾在生活中感到無力或低落，這時應該正視「心理」給我們的警訊，「心」也是會生病的，它也需要透過專業的技術，剖開心靈層面，釐清問題的樣貌、探究那些傷疤。

在傳統印象裡，向別人求助也意味著自己軟弱，但人們應該明白的是，「求助」真正代表的是生命力的堅毅，正因為想努力的活下去，所以跨出門檻，向別人說出不敢透露的煩惱與心事。

現在和你分享一個關於我的故事。在我二十歲之前的記憶，總是蒙上一層灰色，關於升學體制的壓榨、家庭不和睦的爭執、現實與理想的衝擊，種種的因素，我總是不快樂。我明白一直困著自己躊躇不前的，是我無法原諒十五歲經歷的那場家變，我不能接受上蒼給我開了一個如此殘忍的玩笑，從小是非對錯的價值觀都是家庭賦予的，它崩毀了，那我的世界又在哪裡呢？

我的童年似乎也伴隨著那場家庭破碎，消失殆盡。

二十歲那年，生活壓力大到我喘不過氣，隱約記得自己拚命追求更好的成就，想證明自己存在的意義，但越是拚命、就越是迷惘，經常看著鏡子裡陌生的自己說：「這麼努力活著，究竟是爲了什麼呢？」那光鮮亮麗、武裝堅強的面容底下，盡是殘破不堪的身骸。

諮商晤談的過程中，諮商師細細的聽我描述那些過去，他聆聽著並且同理我的感受，和朋友不一樣的是，在我眼前的諮商師就像是完全空白的一張紙，拋開所有的世俗成見，從零開始認識我這個人，眞心誠意的貼近我的生命，使我可以毫無顧慮的說出自己的想法，在這裡，我可以全然的做我自己。

晤談歷程中，我看見自己對歸屬的渴望，卻又矛盾的強烈抗拒。那份始終沒得到的安全感，來自童年不愉快的經驗，那些無法和解的、散落一地的。在諮商師逐步的探問下，我會在回答的語句裡，意外的發現自己的盲點，亦或在對話中，更清楚的思索著，影響這些問題的根源在何處。

諮商師陪伴我在那些經驗裡悲傷、沉澱，並且一步一步的引導我走出深淵，我慢慢嘗試著用不一樣的角度去看待那些，我原以爲不可鬆動、不可被質疑的過去，一次又一次的解開心魔。而這些轉變，都是生命的成長，在改變的同時也從中獲得肯定和能量，擁有這些力量後，才有勇氣去面對、改寫未來。

因此諮商不全然在探究過去，更多時候諮商師會邀請我一起放眼未來，問問我能在未來做些什麼？所以，與其說他替我解決了生活中的難題，倒不如說，他讓我成爲解決自己問題的專家。

故事的最後，我和童年裡受傷的自己和解，和家人修復了關係，重新找到歸屬感。我開始理解到，人都有身不由己、犯錯的時候，於是重新賦予「家變」不一樣的意義——我相信這是上蒼的考驗，讓我從小就有柔軟、細膩的心思，能在寫作上找到自己的天地，甚至在長大後認識了心理諮商，修復了過去的不美好，造就了現在精彩的、全新的人生面貌。

這長達半年的諮商，讓我學會我不再否定過去那些傷疤，相對的感謝它使我更耀眼，它使我更有力量去追求一段冒險、不甘於平淡的人生。

我們是人、不是神，不可能凡事都表現得時十全十美，在意氣風發的背後，偶爾也會有黯然神傷的時刻，允許自己難過，勇於求助，請讓光輝照進你黯淡的幽谷，給自己、也給未來，一個和過去和解的機會。

讓光輝照進你黯淡的幽谷，

給自己、也給未來，

一個和過去和解的機會。

01. 自我接納

上個月的今天，還在享受愜意的日子，轉眼又要面臨令人焦慮的工作時期。需要靈感的工作，實在相當耗能，最近找到一些讓自己高效率工作的地方，如窗前（一定要拉開窗簾）、咖啡廳的角落，而最終找到自在、舒服、安靜、明亮……（要求很多），且營業到凌晨三點的咖啡廳。

在認識瑜珈前，自認沒有良好的抒發情緒管道，近日發現，唯有專注在呼吸和筋膜拉扯的時候，心情才會得到平復，下雨、刮風，都還是堅持去上課，不知不覺三個月了，超過我對一件事情的蜜月期。

總算在凌晨五點，有了睡覺的心情，還是試著肯定自己，從第一年焦慮指數一百，至今應該降到四十八，至少目前爲止還沒把焦慮嫁禍到親密的人身上，他們一定覺得我長大了，離鄉背井，能對自己的生活負責。

猶記得畢業後第一個月的徬徨，到現在享受生活的步伐，我轉念了，當學生不是最幸福的，能掌握自己的生活、自由的活著，才是眞正的快樂！生活不會一直正向積極，練習和不同狀態的自己獨處，包含脆弱、焦慮等不完美的那一面，我終於搞懂「接納」自己是怎麼一回事。

近日的心情跟天氣一樣怪，忽冷忽熱，說不上情緒的波動是什麼，只覺得胸口悶悶的。我想起在我的工作「創意心靈寫作」課程中，我曾用某幅畫帶孩子探索自己的心情，於是我翻出 blob tree 照片，畫下此刻的自己。

毫不猶豫的，我選了正在墜落的人偶，我擔心自己不停的向下墜、沉淪。事實上這跟我最近的狀態是相反的，最近我把一天當四十八小時在過，積極的籌備新計畫，亢奮而且迫不及待。我想，或許是不停挑戰攀登高峰的我，深怕一失足就狠狠墜落。啊……看起來是「冒牌症候群」在作祟。

好險讀過心諮系的我，知道引出孩子負面情緒卻沒收尾是危險的，所以在課程後半段加入「奇蹟」改變的橋段：在這張圖片加上什麼，情況會好轉？於是我在圖片下方加入小巨人，接住我的小巨人。旁邊放著準備好的 beer 和 wine，好像在告訴我「沒事的」，喝杯酒 chill 一下再出發。

啊……稍微舒坦了些。沒想過有一天要用自己的教案拯救自己，不過我想這也是最佳的教學評量。

後記：下次當家長問起，我的孩子六年級了，上這個會不會太簡單？我應該可以理直氣壯的說：「連大人都需要這些課程，你覺得呢？」

02. 今日工事

Suki 老師說，我們都是在用生命做自己喜歡做的事，所以很幸福。

自己一直都是在有氧教室後面的角落默默跟著老師跳舞，肢障的我，看著 Suki 老師跳著魅力十足的 Zumba，實在是羨慕到不行，把她當偶像在崇拜。

沒想到某日卻收到老師從粉專傳來的訊息，老師說瀏覽我的臉書，看到我的工作內容太吃驚了！她說怎麼能有這麼有意義的寫作課。交談了以後才知道，老師也有興趣往表演藝術治療發展，所以對心靈寫作感到很有興趣。老師問了可否來觀課，大膽的我竟然拜託老師可不可以來我的班級進行演講，邀請送出那一秒還覺得自己異想天開犯蠢，然而老師毫不猶豫的答應了！

老師的背景，從學習環境工程，注重環保議題，跨界到熱愛舞蹈的興趣，最後自創手作飾品品牌……，所有事情看上去不同領域，卻環環相扣著她的生命。她告訴學生，沒有什麼選A就得放棄B的道理，很多事情是相連、可以兼顧的，完美展現「斜槓」人生。

課程結束，和老師聊了一小時，同感到相見恨晚，同樣的教育理念、創業模式、瓶頸挫折、成就快樂，彼此都覺得找到同伴，原來自己並不那麼孤單。

最喜歡老師在演講裡分享的一段話：I don't want to be the first one. I want to be the only one. 希望十年後，當我說起 Who I am，也能像老師一樣，眼神閃閃發亮。

03. 練習——用塔羅牌克服分離焦慮

感情用事一直是雙魚座的弱點，與人相處時，拚命的投注感情，急著掏出真誠的自我，所以分離時總是焦慮低潮。

近日開始嘗試學塔羅，爲自己今天的狀態抽了一張牌：賢者。裸體的魔術師代表眞誠、開放，浮在空中的物品表示可運用的資源，猴子代表充滿智慧、做事有彈性。得到了這樣的啟發：其實我一直都知道怎麼面對分離後的生活，也認爲那不是難事，只是多會被當下那煽情的分離畫面給渲染。

他們是我踏入此行的第一批學生，除了時間累積的情感，或許更多的是把自己經營寫作教室的高低起伏一併投射在他們身上，產生了革命戰友的錯誤連結，身爲「老師」的身分，更應該釐清道別的意涵，帶給學生祝福、讓彼此明白離別是成長必經的過程。

「謝謝老師，讓我在成長困頓期，找到了最好的抒發管道。」如果說我的選擇是一份論文，「能讓學生在文字中療癒、自我探索」便是我的假設，長期的教學是實驗過程，而離別的這場對話，便是最好的驗證。

04. 生活的動力

那是一段很神奇的緣分，偶然在線上諮商的平台，和我大學時期的諮商師有重逢的機會，隔著電腦螢幕，我們都感受到彼此的雀躍。

她問候我的近況，我說一切都很好，唯獨偶爾自卑感會作祟。她溫柔的回覆：「阿德勒提及的自卑感，讓人們產生了追求卓越的動力，你也正和它共處著。」

我說：「我正試圖要打敗它，它不會消失嗎？」

「它如果一直都不會消失，妳認爲是壞事嗎？」

「那很慘欸！我就是花一輩子時間要打敗它啊！」

「恩……你認爲自卑感帶給了你什麼？」

「不停想向上進步的動力。」在回答的同時，我感受到，「自卑」這件事帶來的一體兩面。一是對自己沒自信的折磨，二是因而有了上進心。

這讓我開始舉一反三，我感謝我不完美的家庭背景，讓我有顆細膩柔軟的心；我痛恨權威的存在，所以追求不傳統的生活態度和工作。它們都是一體兩面的呀！利用它們的「負面」帶給了我們「正面」，就像是個互利共生體，誰都不能先不見。

恍然大悟的我，那天和諮商師共識了一個結論：在生活中找出痛處，然後和它和平共處著，所謂沒有岩石的阻擋，哪激得起美麗浪花？

所以當日子走著，不知道自己要什麼，不妨換個方向，找出你「討厭」什麼？就此，讓它成爲鞭策你的生活動力。

日子走遠了，逐漸看不清過去，

不要緊的，

別讓未來也模糊了，就好。

三分之一的媽媽

以此篇致敬：我出生後第一個看見、也是和我朝夕相處二十幾年的女人。

一媳婦一

江惠的成名歌曲《家後》，一首歌道盡多少婦女的心聲。古人說：「嫁雞隨雞，嫁狗隨狗。」佛洛伊德說「六歲定終生」，我看根本是：嫁人定終生。女人一個人離家，離開原先溫暖的親人懷抱，嫁到了另一個陌生的家庭，跟隨夫家的習性，要被從沒撫養過自己的公公、婆婆指教，以及服侍一位不知道願意疼愛自己多少的丈夫。華人男尊女卑的傳統下，「男主外，女主內」是不成文的規定，於是女人幾乎足不出戶，出戶的時間也是爲了替丈夫送便當、爲孩子的上下學接送奔波。若是出門工作早出晚歸，恐怕會被說剋丈夫的財運；和朋友出門遊山玩水，一來被嫌不務正業、沒好好守家，二來妳累得和狗一樣，根本沒有心力和時間；和街坊鄰居談天，顯得八卦、三姑六婆，若是和男性談天，那不得了，天下大事！不守婦道等污辱字眼都會出現，更成爲街坊閒話的話題。

逢年過節，打理三餐、處理拜拜事宜是必備的「好媳婦守則」，女人辛苦的料理、服侍，深怕一個閃失惹公公不開心。「這個魚不夠新鮮。」儘管如此，那挑嘴的公公還是不曾說過一句好聽的話。餐桌上的男人談著政治、工作，媳婦們在一旁忙進忙出，好不容易處理完祭拜流程，又忙著洗碗、料理下一餐，偶爾還要停下手邊工作調解孩子們的糾紛，而男人們儘管坐在椅子上翹腳、剔牙，說著他們的理想。

自從嫁爲人妻後，女人不曾穿過膝蓋以上的裙、褲，不曾花錢裝扮、整理頭髮，更別談新年穿新衣，她們簡直把自己活老了十歲，經典呈現黃臉婆。某天參加姪女的喜宴，女人只是點綴了口紅，穿上了洋裝，便見公公躡手躡腳的向男人交代他要注意，小心女人在外面亂來。男人明和女人參加同一場婚宴，卻默不吭聲，不做任何辯解，甚至當女人覺得委屈遭人誤解時，他也只是淡淡的說：「老人家就是這麼固執。」

嫁出去的女兒像潑出去的水，女人不曾向娘家投靠，不知不覺間也用「媳婦」守則綁架了自己，不過好險這女人沒有蠢到某天鳥籠的門開啟了，仍將自己關在裡面，而是昂首闊步的急奔而去。

一媽媽一

媽媽——最偉大的女人。孕育十個月的孩子，無時無刻擔心孩子的狀況，分娩時要承受的焦慮與疼痛，這是男生永遠無法體會的。男人的陽具象徵權力，女人的的子宮更應該象徵爲偉大的溫床啊！因爲媽媽歷經懷胎十個月的辛苦，對孩子總是百般呵護，細心照料，不畏風雨的接送孩子上下學，下班後沒得除去一天的疲勞，還得溫習孩子作業，關心學校的近況。孩子生病，媽媽不分晝夜的守護在床邊，不時還要忍受酸言酸語，「小孩讓你顧，怎麼顧到生病？」天啊！孩子是卵子和精子的結合，是兩個人愛的結晶，應該是共同責任呀，怎麼歡愉後孩子卻成了媽媽一個人的責任？

媽媽表現愛的方式，總是笨拙又傷人，明明是「擔心」非得搞得像「責備」，例如孩子生病了，著急的不停碎念：「就叫妳別流汗開冷氣，不聽話，妳看現在難過的是誰？」好一個雙關，難過的是我的身體和她的心；明明是「關心」卻得搞得像「質問」，例如媽媽想關心在北部的女兒夠不夠生活費，隔著電話嚷嚷著：「妳是不是又亂花錢買衣服？錢還夠不夠用？」妳若是頂嘴、說話稍微大聲了點，刺傷了媽媽那顆脆弱的玻璃心，必定會引起軒然大波，上演三秒落淚的情節：「妳說那什麼話？眞是好心沒好報啊！當初生妳們我有多辛苦，一個人栽培……我歹命啊！」

如果不想收拾殘局，還是乖乖聽媽媽的話吧！因爲除了用碎念、粗魯的方式表達愛，媽媽也不知道如何把愛說出口了。

一職業婦女一

我的媽媽在身爲人妻後便辭掉工作，專職家庭主婦。再次踏入職場是因爲和先生離婚，頓時失去了生活重心和經濟來源。許久未踏入社會的媽媽，第一份工作是在離家不遠的轉角處——火雞肉飯便當店，她負責洗碗、打雜。熾熱的夏日，媽媽汗流浹背的用衣袖擦拭汗水，長時間浸泡在油膩水槽的雙手，被廉價的洗碗精侵蝕得紅腫。不時還得丟下手邊的工作，替客人點餐、夾菜。

小學的的弟弟返家，經過轉角的店面，媽媽會大聲的呼叫弟弟進店，趕緊盛一碗超大份量的火雞肉飯到他面前，深怕他餓著，感謝老闆的不計較，讓這位尚未從「媽媽」角色跳脫而出的「職業婦女」濫用職權。

嫌一份工作薪水不夠養家，媽媽開始兼職第二份工作，到別人家中幫傭洗衣、洗碗，但這份工作她只做了一下子，說面對滿屋的衣服和碗盤，讓她想起身為媳婦、被關在鳥籠的樣子，觸景傷情，於是辭掉了。接著她到某連鎖餐飲店兼差，同樣負責櫃台點餐、洗碗的工作，店裡經營模式是讓客人以喊叫的方式點菜，記性不好加上久未踏入社會的媽媽經常出錯，遭店裡年輕的妹妹惡言相對，吃到這把年紀卻被一位剛入社會的初生之犢踩在腳底下……。

滿腹的委屈，媽媽也不知該說給誰聽，僅能把一肚子的氣出在那逼得她離家的前夫身上，原先在會計公司上班、擁有大好前途的妙齡女子，轉眼間已是白髮蒼蒼、年華盡失的年邁婦女，唉，女人的青春啊，一去不復返。

女人走往紅毯的另一端僅需一首配樂的時間，卻花了大半輩子的青春年華。

寫給剛剛好的緣分

最希望學會的事是，隨遇而安。

我一直期望著自己，把生活的意外、插曲、偶然，都視做一種幸運的安排，在剛剛好的時候，碰上那些事、那些人。

當年十八歲，不知道是哪來的勇氣和魯莽，帶著一只行李、兩大袋子，幾乎把所有的家當都搬上了車，毅然決然的前往了北部。

就這樣，一個不知天高地厚的姑娘，從高雄遠赴北部，來到一個完全不認識的城市。

初到宿舍的第一天，笨手笨腳的扛著東西，打開了宿舍的門，房間不大，約莫十幾坪，每個人的空間就是一張書桌，上層是單人床，共有六個床位。斑駁的牆壁、長滿灰塵的地板，儘管放眼望去有些寒酸，還是不減我對「外宿」的好奇和期待。

「嗨！」我生疏的打招呼，望著宿舍裡更早到的另外兩位室友。

「嗨！」她們不約而同的回應。

看著門上的床位分配公告，我在一號床，最靠近門邊，這讓我有點抗拒，睡門邊讓我沒有安全感。

看向二號室友，她染著一頭金色的頭髮，穿著短褲，擦著深藍色的腳指甲油，我在腦中閃過了一個名詞——「台妹」，在這裡稱呼她爲小鄧。

接著望向對面床四號的室友，我嚇了一跳，兩位長得一模一樣的女孩，同樣雙眼深邃、鼻子高挺。

「哇！是雙胞胎？」我驚喜的說

「對，我是姐姐，她是妹妹。」

「不要亂講啦！我才是姐姐。」她們開朗的互相打趣著。

「哈哈，那是姐姐要住進來，還是妹妹？」

「姐姐。」「妹妹。」她們再度答出不一樣的答案。恩，姑且先稱這位有複製人的四號室友爲阿伶。

三號室友的床位已整理好，鋪上了墊子，桌面看上去也是整理過的，應該是一大早就過來，先出去晃晃了。

我卸下身上的行李，看著身邊的室友皆已整理告一段落，突然有點手足無措，該從哪裡下手呢？環顧了四周，我決定先從床架著手，把上頭的灰塵擦一擦。脫掉鞋子，我踩上一旁的梯子，「啊！好痛！」一根一根的鐵桿，完全不符合人體工學的設計，感覺就像踩在健康步道上。

「咿——咿——」老舊的金屬床架發出聲響。

到了上頭，看見結滿蜘蛛網的窗戶，我心生畏懼的倒退一步，這才想到沒拿抹布上來。又笨手笨腳的爬下床，打開行李找抹布。我體會到一個人整理上鋪的困難，不一會兒要下來洗抹布、還得扛寢具上梯子，頓時感覺自己像個孤兒，其他人可都是有家人來幫忙打理的呢！

費了好一番功夫，把上鋪打理完後，書桌、衣櫃整理起來可就快多了，把東西擺一擺，也不自覺的興奮了起來，從沒有這麼乾淨的書桌，可終於擺脫了那些該死的十二年國教教科書。

在新生集會上，我遇見了三號室友，她的個子不高，看起來非常乖巧，估計以後是不會和我在同個朋友圈打混的人（但後來驗證我的第一印象總是錯誤），為了禮貌，我們還是簡單的問候了彼此，她的名字只有兩個字，就以後面的單詞作為稱呼吧！悅，喜悅的悅。

大學初始的生活，皆以寢室做為行動的單位，六人一國。因為選修課程差不多，我們互相叫對方起床、一同梳洗，出門吃早餐。我準備的時間總是比她們久，因為愛漂亮，要花更多的時間打扮，畢竟終於不是穿制服上課了，多令人期待啊！但是，我並沒有因此提早起床，所以通常我會是最後出門的那位。

吃早餐時，我們討論著另外兩位空著的床位，到底是哪位神秘人物呢？別的寢室都六個人行動，我們看起來特別單薄。也為此分組時經常困擾，常常遇到六人一組，我們就得去另尋兩位陌生人加入。

我們寢室房號是 301，後來我們都以此自稱這個團體。說也奇妙，同系的其他寢室都在二樓，且和我們在反方向，唯獨我們這一群，孤獨的被遺忘在三樓。地理位置的隔閡，使我們不自覺的邊緣化，但也正是如此，我們更互相照顧著，關係更加緊密。

我其實忘記我們寢室是如何活絡起來的，硬要說的話，應該是從一瓶紅酒開始，飲酒玩樂的那晚，我們變得密不可分。（事實上，宿舍是有規定不能喝酒的，但大學生誰管過宿舍規定？）

家境因素，我一上北部便開始打工，某次我從打工的地方帶回四個高腳酒杯，我興奮的分給室友一人一個。然後悅不知從何生出了一瓶紅酒，便促使那晚命運的交織。

酒精的催化，我們輪流說著對對方的第一印象，不約而同的，她們皆說出認為我有「大姊風範」。

「瘋了！為什麼是大姊？」我不能理解的笑了出來。

「可能因為妳綁著包子頭的樣子，讓人覺得妳很幹練。」

但是她們補充，在事後的相處，發現其實我是個生活白癡，就不再把我當大姊看待。啊……這麼快露餡嗎？

除了對彼此的第一印象外，我們聊起了來到這間大學的適應狀況，我說自己當時家庭關係緊張，迫不及待離開家鄉，看看外面的世界，所以其實挺興奮的。

她們仔細的聆聽著我說家庭背景的故事，讓我感受到自己深深的被接納，那種被「接住」的感覺，是我在301這個團體裡，自始至終，最深刻、也最感謝的感受。

聽我說完，阿伶說其實她也出生於一個不完美的家庭，她是來自台東的阿美族，也是一位基督徒，在學齡前便和雙胞胎姐姐由媽媽帶到台北獨自一人撫養到大，她對爸爸充滿不諒解，也對媽媽因爲不安全感經常束縛她們的行徑感到痛苦不已。

因爲成長的背景，阿伶有些自卑，儘管她多才多藝，仍舊對自己不太有信心。她會唱歌、跳舞、彈鋼琴，在我看來是位魅力四射的女孩，但當她談起這段經歷時，聲淚俱下，化作無比嬌弱的女孩。

阿伶成長經驗中很特別的是，她的家庭沒有男性，國中後讀的都是女校，所以鮮少有與異性接觸的機會，這讓阿伶從小畏懼異性，不太知道如何和他們相處，這也是一直到後來身爲朋友的我，最放不下阿伶的地方。

小鄧是個溫柔的女孩，她拿起衛生紙替阿伶拭淚，她說從沒想過我們的成長都這麼有「故事」，相對起來，她覺得自己平凡、幸福多了。

小鄧讓我翻轉「貧賤夫婦百事哀」的既定印象，她來自中低收入戶的家庭，但她的父母給她健全、滿滿的愛，讓她成爲了一位善良與貼心的女孩。

經過今晚溫馨的對話後，我們發現小鄧不同於她的外表給人的印象，她其實是一位內向、害羞到不行的女孩，但是她散發的溫柔氣息，總讓人不自覺想親近她。

我永遠記得她大一那單純的模樣，如同鄉下鄰家女孩那樣與世無爭。我們同樣來自充滿人情味的高雄，還記得有次在搭火車返鄉的途中，她和我說她的願望是：組織一個美滿的家庭，生下可愛的寶寶。你說，若非她父母給她健全的愛，她怎能說出如此狂妄的願望？

至於悅呢？她確實是個乖巧的女孩，正確來說，我的室友都挺乖巧的，她們不翹課、不遲到，但都因爲我「誤入歧途」，爲此我實在深感抱歉，但也感到榮幸，我改變了她們這麼多年的習慣，哈哈。

悅同樣來自南部，只是她更南端了，從屏東千里迢迢而來。她出生於公務人員的家庭，某次在聽見她和父母通電話時，我深受打擊。「好的，媽媽，您也早點休息，晚安。」什麼？如此畢恭畢敬的對話！比起我總是直呼我媽的姓名，顯得我多沒文化和家教啊，實在無地自容。

事後悅解釋，那是他們家的習慣，自幼父母便非常講究尊重和禮貌，所以坦白說她第一次聽到我和媽媽通電話時直呼她的名字，著實嚇了一跳。恩，看來我們都對彼此「文化衝擊」。

有趣的是，悅在某些時候會適時的「叛逆」，例如瞞著她父母偷跑去林俊傑的演唱會、翹課、起床不折棉被、偷花錢買動漫的周邊商品。在此，我又感到羞愧一次，因爲她瞞著父母做的這些事，對我來說是天經地義的日常。

在談著彼此的家庭背景差異，我們互相填補在家庭中得不到那塊，可能是關懷、接納，也可能是放縱、享樂，好像到了異地以後，我們爲了生存，給予了彼此如同對「家人」的付出。是的，她們如同我的家人，在北部的家人。

大學期間有許多活動，我應該是少數從頭到尾都沒參加的人。一來是爲了維持當時異地戀的信任，選擇避開任何有可能會破壞安全感的活動，例如聯誼、宿營。二來是高中社團玩多了，我清楚那份回憶是不可取代的，在大學很難再有相同的感受，大家都是成熟人了，實在很難「裝笨」、和樂融融的玩著那些幼稚的團康。第三，因爲打工忙碌，能一起參與開會、團隊練習的機會不多，當時眼前最重要的便是生存的議題——錢，塡飽肚子都來不及了，哪有美國時間玩那些課外活動。第四，是我後來才領悟到的，我抗拒、也最慶幸沒躺到那攤渾水——大學生態。在任何超過一人以上的組合，都會有閒言閒語的產生，學姊評論了學妹、這一寢討厭了哪一寢……。

種種以上原因，讓我對於以系爲名義的聚會避而遠之，後來明白，大學不過就是出社會前的小型社會，大家看似姊妹情深，合辦了一場圓滿的活動、拍了團體照，背後彼此卻勾心鬥角。

後來加入我們寢室的兩位室友來自對岸，她們來台灣交換一學期。其中一位叫母昕，另一位叫做康靜。母昕如其名，散發著照顧、關懷人的「母親光環」，她的外型亮眼，是陸劇才會出現的顏值等級，巴掌大小的臉型，五官精緻，身材苗條，我永遠記得第一次見到她，那長髮飄逸的模樣多麼令人動容。母昕的志願是作爲一位老師，傳達正確知識給予學生，怎麼看，這份工作都再適合她不過了。

康靜的個性則和她的名字背道而馳，俏麗的短髮、矮小的個子，靈活的在寢室裡穿梭，她時不時的拍手走動、不然就是蹲馬步在椅子上追劇，發出爽朗的笑聲。她假日最愛的活動就是到屈臣氏採購，嚷嚷著台灣的面膜有多便宜。她經常做出無厘頭的行為，讓所有人笑開懷，例如夜唱時帶著棉被、眼罩入包廂，在我們很嗨的唱著五月天《離開地球表面》時，淡定的以瑜珈「休息式」躺在沙發上蓋棉被睡覺。

在她們加入後，有次我們為了幫母昕慶生，一同圍在寢室內，買了蛋糕、插了蠟燭，又喝起了紅酒。我們聊著兩岸的差異、主權的議題，還有彼此的夢想、對另一半的要求等等，跨越了文化的隔閡，她們教會了我，那些政治的界線是區隔陌生人用的，彼此真誠相待便能跨越藩籬。

聽說和人相處「三周」以上，就會有濃厚情誼。在和她們相處的這段時間，同時也在倒數著分離，這是多難得的緣分，才能跨越台灣海峽，促成這段友誼。

還記得母昕和康靜離開台灣的前一晚，我們擁抱、祝福了彼此，要她們回大陸一定要寄明信片給我們。

早上她們準備趕往機場，提著行李走出寢室的母昕朝我們揮揮手：「別說了，別說了，說了會更難過的。」我們四人怔怔的坐在床上，什麼話也沒說，靜靜的看著她們離去。

空著的床位，如同生命的過客，曾在心裡佔有一席地位，卻隨著歲月流逝，回憶變淡，逐漸被新的人取代。

大二後，我和悅因爲沒抽到宿舍開始在外租房，起初還不習慣四人下課前往的方向不再一樣，但很快的，時間推著人往前走，我們也就這麼適應了。

經常他們還是會到我的租屋處聚在一塊，交換著最近的生活還有感情史。

阿伶在大二時遇到她的眞命天子，細膩的女孩總是在愛上別人後，一廂情願的深情。她前後爲他留下了數次的眼淚，笨拙的告白又被打槍好幾次，在幾乎要放棄的同時，對方竟然主動說要和她在一起。歡天鼓舞，我們在寢室裡慶祝阿伶迎來的人生初戀，但也忍不住擔心阿伶往後會不會在這段關係裡受傷。

命運捉弄人，我們最害怕的事還是發生了，那晚阿伶哭著告訴我們她的惶恐與不安，她快要失去她的初戀了。眼鏡不斷起霧，那晚阿伶流了好多眼淚，我好擔心她因爲過往父母那段不好的情緣、加上這場悲劇收尾的戀愛經驗，會讓她不再相信愛情。其實對阿伶的擔心，我想也是對自己的投射，因爲和她有著雷同的背景，所以我明白此刻的她有多麼傷心欲絕。

然而生命的韌性不可小覷，青春總是使人成長，在這跌跌撞撞的路途上，我看見了日益堅強、茁壯的阿伶，在那一場戀愛結束後，她慢慢回到了生活的正軌，也在過了一段時間後，重新有了新戀情。

現在的阿伶，變得比以前更有自信，她漸漸學會爭吵的處理方式、不再委曲求全，和當年說話顫抖的阿伶不一樣了。

大三那年，小鄧也結束了一場轟轟烈烈的愛情，那場高調、絢麗卻短暫的愛情。我相信小鄧確實在這段關係中受傷了，因爲她變得很不一樣，她沉默寡言、不再愛笑，甚至剪去了她那一頭溫柔的長髮。

不知道是不是因爲那場戀情，小鄧也開始變得有「故事」，她不再如初識時那般透澈，多的是黯淡和成熟。

小鄧和我說過，在遇上我後，她練習讓自己變得開朗，與人交談、參加聚會，但她總覺得骨子裡還是留著內向的血液，不擅長向他人傾吐，心事總往心裡面吞。

沒錯，小鄧是個剛強到不行的天蠍座，再痛苦她都往肚裡吞，讓人不捨，也讓人氣憤，我始終沒有和小鄧說，她受傷未向我們求助有多令人失望，難道我們友誼不足以打動她嗎？

在小鄧分手又過了一段時間後，對於那些心事她終於肯開口，向我們訴說當時的脆弱。我們四人躺在床上，笑著調侃她那段往事，我相信當她開口時，她已經決定放下，或者是根本放下了。那時候我才明白，並不是所有人都能像我一樣，彰顯著喜怒哀樂，「簡單」的呈現、分享情緒，頓時爲當時氣憤的我感到不齒，我想每個人都有自己處理情緒的步調和方式。

也是那一刻我才知道，原來自己是會爲了友情而受傷的女孩。

大四那年，我們決定要辦一場屬於我們的畢業旅行。爲了這場畢業旅行，我們一起存錢、規劃，旅行目的是泰國，五天四夜（紀錄於下一章）。

在那一趟旅程，享受的是完全磨合、融爲一體的友情，因爲已經清楚了解彼此的個性、底線，所以泰然自若的相處著，你知道嗎？人生能找到這樣的朋友，有多難能可貴，我們無需擔心彼此的習慣會不會得罪誰，也無需擔心下一步行程要到何處，因爲我們知道只要一起走著，到哪都能創造驚喜。

安全感，更確切的說，是歸屬感，不只愛情，友情亦能使然。

畢業前夕，我們攜手完成的最後一項任務——畢業專題。我們四人以友情串聯，各自挑戰一件跨出舒適圈的事情，我們互相扶持，共同完成這份專題。我以工作爲主軸、小鄧以爬山尋找自我之旅爲題、阿伶選擇走出失戀的傷痛、悅則是服務弱勢族群。其實從這項作業便能明白，當時我們面臨著什麼議題，而彼此又如何伴著對方走過那段時光。

當時的我在工作上遇到瓶頸，決定改頭換面，挑戰創立個人品牌，研擬一套獨特的教學模式。

小鄧在結束戀情後，變得尖銳、孤僻，然而在這趟跨出舒適圈的爬山之旅，我看見她把過程化作養分，變得有質量且「更有自己」。所謂的「更有自己」是，她不再是「人人都好、爲群體犧牲」的沒脾氣小姐，也不再是過度武裝的尖銳小妞，而是對她愛的人好、對相斥的人保持距離的鄧小姐2.0。

悅在生涯徬徨期，選擇善用本科系的專長，去輔導、關懷弱勢族群，悅一直在301裡都是扮演善解人意、理性的角色，當我經常被「情緒」操弄得暈頭轉向時，她總能一語道破我的盲點，指點我方向。製作畢業專題的歷程，讓她摸清未來生涯的方向，我殷切爲她感到欣喜。

阿伶在畢業專題上的表現堪稱女中豪傑，她前往當時和初戀約會過的每個景點，一邊流淚，一邊記錄下當時的快樂，以及後來的心境轉折，要獨自一人面對兩個人的回憶，那是多艱難的一件事啊！但是她做到了。我看著她在發表會上，有條理的對老師敘說這段歷程，即使聲音顫抖，我都確確實實的感受到，當年那個自卑的小女孩長大了！她釋懷這段不完美的初戀，也勇敢的知道自己想要追求的是什麼，我相信下一段戀情，阿伶不會再被動的逆來順受，她會勇敢、主動的說出她想要的是什麼。

我們的緣分沒有因爲畢業就結束，後來我們合租一棟透天，時光彷彿重返了大一剛住宿的那天，偶爾我們仍會聚在某人的房間聊生活、聊夢想，直到清晨、天色漸亮。

這可能是我們最後一年聚在一塊了，也是最後一年能輕易見到彼此了。記得最後一次相聚是在小鄧的慶生派對上，這次的聚會有七個人，成對的情侶，和尚在等待有緣人出現的悅。

打鬧聲中我搶走了小鄧男友寫給她的生日卡片，看著英文句子，用著我僅剩國小程度的能力翻譯著：「你要成爲……米寶貝的媽媽？」

我們哄堂大笑，什麼呀！過了這麼久，小鄧的願望還是組織幸福的家庭、當媽媽嗎？

是啊！時間在走，看似什麼都變了，卻也什麼都沒變。

悅的房間仍舊貼滿著偷花錢買來的明星周邊商品；阿伶仍舊笨拙的談戀愛，經常和男友鬧脾氣；我依舊我行我素的在每一場約好的聚會上遲到；而小鄧仍舊想當一位好媽媽。

我們都一樣，也都不一樣了啊！

我們為了生存來到異地，在最美好的時刻相遇，給予了彼此如同對待家人的付出。

心中的小王子星球

如果有一天，我是小王子，那我的星球是這個樣子：

桃花源裡的每個人忙進忙出，
充實的經營自己生活，
幾乎都是自我實現的階層了。
也因此，他們不自私、不妒嫉、不陰險，
整個村落很微妙，氣氛安逸，人民卻奮鬥。

文化像南部，熱情有禮，處處充滿人情味，
經濟教育水準高，但不是用來較量，而是交流對話。
環境清幽，治安良好，重要的是歸屬感足夠，所以沒有人不快樂。

唯一痛心的，還是生離死別，不可逆的大自然規則。
但是這裡的葬禮是同學會，親朋好友遠道而來，憶當年、憶快樂。

然而小丑卻活在這樣的社會：

M型社會的世界憤世嫉俗，
複製階級，貧窮者在底端仰望著高處的富者，
「錢不是最重要的」是給吃飽穿暖的人說的。

小丑好不容易踩進頂端世界的大染缸，
來到嚮往的大都市，開拓了視野、享受了物質，
卻也看透了人性，那些貪婪、利益、卑微、較勁，
最氣的還是那些不付出半點代價就過得舒服的人，
不對，最氣的是，稍微踏進上流社會就沾沾自喜的自己。

衣錦還鄉，親朋好友成群談天，話題盡是困苦，
小丑望向自以爲富足的行囊，竟發現如此渺小，什麼忙也幫不了，
他的故鄉親友都還在底端呢。

每個人都有自己的一款命。
小丑用眼淚洗拭掉臉上的顏料，
在這裡不用裝模作樣，不管是什麼樣子，親友都殷切的盼你回來，
用水果、歡笑、問候，
不管你成功失敗，不管你富有貧窮，不管你成就與否。
「只要你是個乖孩子，辛苦一點沒關係。」
再也沒有比「在M型社會做著桃花源的夢」更叫人難堪的事了。

只要你是個乖孩子，辛苦一點沒關係。

後來的我們

曾經有個男孩，
誓言未來要成爲有錢、有房的土豪，
然後被女友要求在二十八歲時娶她爲妻。

他們曾經吵了一場架，
女孩氣得要離家出走，
說怎樣也不肯原諒男孩，
男孩緊緊抱著她、撫摸著她的頭，
好久才安撫她的情緒。
女孩說以後要是她再失控，
請男孩一定要如同今天一樣，

摸著她的頭，直到她情緒平穩。

接著女孩要男孩拿出備忘錄，
條列著他的缺點，要他改過，
看見男孩老實的打著鍵盤，
一字不漏的把髒話、贅詞都紀錄在備忘錄，
她忍不住偷笑，
然後要他加上最後一點：
「一定要娶董小姐為妻。」

然而後來男孩不再努力，
逃避著社會，逃避著工作，
沉迷於電動，忽略著女孩，
爭吵的一次、兩次、三次，

他們漸行漸遠，
直到女孩提出了分手，
男孩才意會到她已經心死。

最後一次見面，
他著急的摸著她的頭，她放聲大哭，
他不知道再早一些挽回她，
故事的結局會變得不一樣，
女孩會繼續傻傻等待，
等待他成長茁壯，
等待他完成二十八歲娶她的承諾。

是他忘記了，
忘記每次的爭吵都要擁抱撫摸，

忘記了自己曾經有理想。
絕望後的那場擁抱，
再也拼湊不回以往的美好，
他們相擁著，卻也準備分離著。
十七歲，女孩義無反顧的愛著當年的男孩，
二十四歲，女孩等不到男孩的成熟，轉身離開。

他曾經是她的夢想，
她的未來，
她的全部。
可曾幾何時，
她變得獨立，
變得孤獨，
變得不快樂。

她不知道還要再想起他幾次，
還要再哭幾回，
但她知道一切都會過去。

幾米說過：
我們太年輕，
以致都不知道以後的時光，
竟然那麼長，
長得足夠讓我忘記你，
足夠讓我重新喜歡一個人，
就像當初喜歡你那樣。

會有那麼一個人，你希望他
這輩子都過得比你還要好。

唯有這點，我們不一樣

「過年回來高雄，別忘了空出一天和我吃飯喔！」我到北部念書後，經常收到姑姑的訊息問候。多是天氣冷、要多加一件外套，或者是問我生活費還夠不夠花、何時回高雄？

在我兒時的印象裡，姑姑是我們家族中，唯一穿得時髦、背上名牌包的女性，相對於傳統、保守的媽媽、阿姨們，姑姑的形象實在令我崇拜。當時她做的任何事，莫名的都在我心中有了指標性——成為新時代女性的指標。

姑姑的手指塗有指甲油，我便在心中許願，以後要塗五顏六色的指甲油。姑姑燙了一頭捲毛、還染了棕色，我以後也要一樣。姑姑會開車，帥氣的轉著方向盤，我以後也要去學開車。家族聚餐時，姑姑從皮包裡拿出了黑色金卡，朝機器台一刷，幾千塊的晚餐費用瞬間了結，我以後要和她一樣！姑姑被惹怒時，會上前和人理論，用著宏亮的聲音據理力爭，甚至因爲她強悍的個性，開除了底下不少的員工，我以後要和她一樣！

永遠記得小時候對姑姑最佩服的是，她敢跟姑丈吵架！她敢對自己的丈夫大聲咆嘯，說著自己的想法。天啊！這讓蒙蔽於大男人主義下成長的我，大呼過癮。太帥了，我以後一定要跟她一樣。

從小犯有老二情結的我，經常覺得自己爹不疼、娘不愛，加上感受到同屋簷下的阿公重男輕女，我變得叛逆、不循規蹈矩，我猜心理學會將此情況解讀成，我在用叛逆的方法引起家人的注意。

高中時，我喜歡作夢、玩社團，媽媽希望我不要做的事，我都偏要去嘗試。當時急欲想逃出家裡的我，收到姑姑送的生日禮物，是一本書，名爲《我們：走進青海、新疆、甘肅，充滿愛的角落》，描述著一群年輕的學生，走出舒適圈，前往偏遠鄉區擔任志工的點點滴滴，其中作者闡述的心境轉折，和我當時的狀態有著異曲同工之妙，當下我被震懾住了，原來姑姑是這麼的了解我，或許是同樣身上流著「立志要當新時代女性」的血液，又或者是我們倆有著同樣的追夢軌跡。

書裡頭我最愛的一段話是：「究竟是覺得世界有所缺乏，還是自己有所缺乏，才想要走出去服務？對我來說，兩者皆是。對於未來的方向還是充滿了茫然與不確定之感，……讓仍感覺十分缺乏的自己，藉由出走來做更深層的自我探索。我需要給自己一個離開的理由。」當時的我正跨出舒適圈，至社區機構陪伴弱勢孩童成長，在這過程中自我探索，而這段歷程對往後的經歷造成莫大的影響，例如選擇走上了心理諮商的科系、持續的關心弱勢兒童的議題等等。

但令我百思不得其解的是，姑姑在書末親筆寫下了一段話，她寫著：「有夢很美，但不一定會實現，也不一定要實現。縱使實現了，也不一定和想的一樣。」當時乳臭未乾、血氣方剛的我不明白，爲什麼有夢想不去實現呢？

每逢農曆過節，是家裡最忙碌、充滿喜氣氛圍的時刻，也是我最期待的年假。每當年假來臨，我總是抓緊時間，把在高雄想見的朋友、親戚都見一遍，時間緊湊，格外珍惜。當天，我接到了姑姑的來電，她說飯局要延後了，因爲晚上高燒不退，在醫院治療。心裡不由得的有些抱怨，真可惜，時間好不容易才兜上的，特地排開行程安排這場飯局的；隨即很快轉換心境，聳聳肩，心想再約改天就好。

但是我萬萬也沒有想到，沒有改天了，那一場沒吃成的飯局，成了最後的遺憾。幾天後，醫院檢查出是癌症末期，醫生沉重的說：「活著便是在倒數日子。」誰也沒料到，原是一樁喜事就這樣變調了。夜裡，想起這些日子受到的照顧與回憶，這才感到格外珍視，忍不住用訊息敲了她：

加油！不知道該說些什麼……其實我也好害怕啊。

收到了姑姑這樣的回覆：

別怕，每個人都會經歷一次，所以每一天都要很快樂。

說來慚愧，讓一個正處在生死關頭的人這樣安慰我。不要害怕，可是怎麼能不害怕？

那場對話，最後在她附上一張貓咪躺下的貼圖、說了晚安後結束。

然而這一道別，便是天人永隔。兩個月的時間，來不及說太多話，看著她衰弱、痛苦、平息，都像是一瞬間的事。她就如同那張躺下的貓咪貼圖一樣，永遠安靜的休息著。

入棺儀式上望著她的眼簾，這才驚覺，當時意氣風發、年輕瀟灑的姑姑，何時已變成白髮蒼蒼、年事漸高？眼角的皺紋，訴說著歲月的痕跡，當時走過的一點一滴，都隨著她的躺下，無聲離去。

高中時，我曾和姑姑一起逛百貨公司，看著店內的小姐對姑姑畢恭畢敬。途中我們逛累了，買了冰淇淋坐在休息區歇著，姑姑和我聊起了她和姑丈白手起家的往事，二十幾年的歲月，卻像昨天剛發生的事，淚水在她的眼眶裡打轉，是經歷了多少的千波萬折，如今才能淡然、心平氣和的說出這些過往。

她說我們很像，我們都很細膩、容易受傷，她看見我的叛逆因子，就如同當年她生在那重男輕女的年代，不被重視的悲痛。

原來，我們的生命是這樣連結著。

多年後，我重新翻起《我們》這本書，望著她的字跡發楞、想念，忽然一瞬間，我似乎明白當年姑姑想告訴我什麼。

有夢很美，但不一定會實現，也不一定要實現。

姑姑是不是害怕有天，我如果沒能實現夢想，會對自己感到失望？就像是她後半段的人生一樣，她一輩子渴望的「家庭圓滿」並沒有圓夢，她的弟弟離家、和大哥未和解、爸爸始終對她的孝心不諒解。她是不是明白到，人生有太多時候身不由己，不是所有的夢想都能達到？她是不是也曾對這個世界、對自己感到失望？所以放棄了追求夢想，甘於在母親和妻子的角色裡，犧牲奉獻。

在靈堂前哭得欲罷不能的所有人，是不是都在懺悔著，這一生辜負了姑姑的期待、付出，來不及和她說聲謝謝和抱歉？

拿著香，在靈堂前跪拜，我喃喃自語的向姑姑說：休息吧！不要對自己失望，是「年代」犯下的錯，是「時代」辜負了您的夢想。如果姑姑和我一樣幸運，誕生在能爲自己說話、女性也能作夢的年代，她是不是也會和我一樣，走向倔強、魯莽的追夢之路？

姑姑，我眞的和您很像，我們都不願向命運低頭。唯有這點我們不一樣——有夢很美，而且必要追到盡頭。

或許哪天嘗到苦頭的我，也會絕望的說出和您一樣的話，但在這之前，我會繼續不屈撓、任性狂妄的追求自己的理想，然後告訴您，夢想的世界裡有著什麼樣的風景，又藏著什麼樣的故事。

獻給我最崇拜的姑姑。

不要對自己失望，是「年代」犯下的錯，是「時代」辜負了女性的夢想。

玫瑰花

有沒有一段時間，你特別懷念過去的樣子？

或許是長大使我變得實際（現實），選擇做一件事情之前，會先上網查資訊、聆聽前輩的建議，到目前爲止，我都覺得是好事，畢竟成長使人學會深思熟慮。但接下來的轉變，就令我厭惡。

做任何一件事，難免都會聽到反對的聲浪：「那機會不大。」、「那賺不到錢。」現今的我無法理解，爲何做的每一件事情，都要和「賺錢」扯上關係？好似這件事若無法帶來經濟效益，便是在浪費時間、力氣。

但其實好一段時間，我也陷入「數字」的陷阱裡。

出社會後，我學會衡量著手於一件事會不會白做工？何謂白做工？便是去判斷這件事情是否能達到目標，而目標通常與錢有關。再白話一點就是，這件事情如果有損經濟效益，便會有所遲疑。

記得諮商師問過我：「你在害怕什麼？」當時我支支吾吾說不出個所以然，至今才明白，擁有的越多、害怕失去的東西越多，因為害怕回到原點，害怕那些好不容易得來的享受、生活化為烏有。

偶然的機會下，我和黎見面，黎是我國中的朋友。我們先是抱怨了當年資優班的體制，那些公布全班排名、一一訓話的過程，至今我們都無法原諒。成績究竟代表什麼？好成績的學生未來就一片光明，壞成績的學生就一敗塗地？好險我們現在都翻轉了那套謬論，大家想要的不是成績那份數字，是它帶來的成就和象徵。如果有機會再遇到資優班老師，我會送她一本《小王子》，告訴她別再當只在意數字的大人了，當一回願意瞭解人的本質的小王子吧！

接著我們談著未來生活的願景，很慶幸黎和我一樣，我們都想冒險的追尋「好玩」的生活，不甘於生活只是平淡。我聽著這些年來，黎在生活嘗試了什麼，有攝影、潛水、寫程式、歐洲遊學、學法文、做影片……，那些五顏六色的生活，看上去好美、好動人，我告訴她，再稍早一點，我也是如此，現在雖持續嘗試很多事，但總覺得不如當年勇敢，會瞻前顧後。黎說能力範圍可及的事，就去做吧！很多事現在不做，一輩子都不會做了。這句話耳熟能詳，十分老套，但在當下聽進耳裡，是多麼的令人振奮。

原來不知不覺，我也變成只在意數字的大人了嗎？忘記了這些事情的本質、忘記過程帶來的「意義」。

在和黎結束見面搭公車回家的路上，望著窗外閃過的一幕幕街景，如同人生，望著的當下都是剎那，下一秒它就成爲過去，隨著快速的流逝而模糊。我們無法確認每次的抉擇都是正確的，這一秒或許看似合理、下一秒轉念，便懷疑自己做錯決定。

張曼娟老師的書《以我之名：寫給獨一無二的自己》寫道：選擇所愛、盡力付出，難道就不會有遺憾嗎？會有的，所以趕緊把這一刻做到最好，不要再讓未來有遺憾。

我選擇寫了這本書《三分之一，的我》，試著開啟一直夢寐以求的「作家之路」；選擇從事了跳脫框架的「創意心靈」寫作教學，每一個選擇都是冒險，不知道它接下來的走向、不知道會遇到什麼挑戰、不知道自己在做的事是不是對的？但，何來的對跟錯呢？能決定的，從來只有自己，是你爲玫瑰花所花的時間，使它變得珍貴呀！

如果用「後悔」和「遺憾」來比喻的話，或許會更具體一些。記得在溫州旅遊和我同寢的友人跟我分享：「後悔是如果時間重來會選擇另一條路；遺憾是時間重來仍會選擇同一條路。」前者像是別人指揮你的人生，你活了大半輩子，才發現那不是你想要的，後悔萬分，恨不得人生重來；後者是你深思熟慮做出選擇後，儘管結果不如預期，因爲是你選擇且用心經營的，即使有遺憾，時間重來仍會亦無反顧的踏上同條路。六年了，我仍將這段話銘記在心上，人生有時候添了些遺憾，看上去挺有故事的。

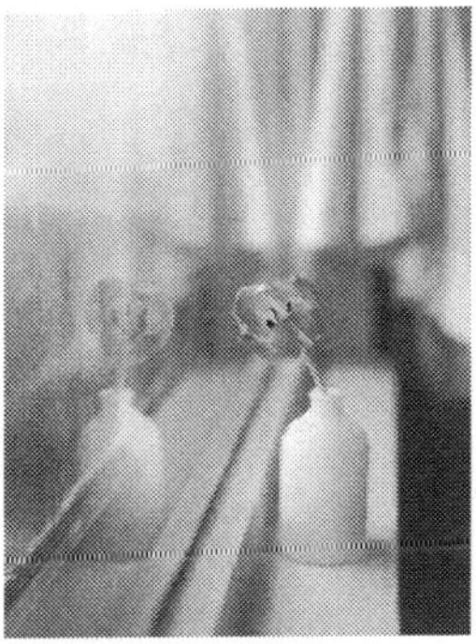

是你為玫瑰花所花的
時間，使它變得珍貴。
——《小王子》

關於出書的十萬個為什麼

01. 動機——做了這個決定

我經常被以工作的角色——「老師」定位著人設。老師普遍被社會認爲是很「正經」的工作，不能做太浮誇的指甲、不能穿太暴露、不能染五顏六色的頭髮……，如果我這麼做，好像有違我的「專業」，儘管這根本是分開的兩回事。

我最害怕的就是在路上遇到我的學生，更確切的說，是以「生活的樣子」遇到只應該看過我「工作的樣子」的學生或家長，天知道他們看到我和朋友在 KTV 群魔亂舞的模樣，那有多尷尬。如果電視上的藝人有偶包，那我這個應該稱作「師包」，爲人師長的包袱。其實生活中有很多角色都有包袱，像是家長、老闆、演員……，大家都在用符合社會期待的樣子生存著。

至於我爲何要有「師包」呢？是在擔心什麼？我在擔心他們看到我「生活的樣子」會失望。可能教師一職在我心中是神聖的，所以我高規格的要求自己在工作上的表現，畢竟爲人師表，言行都可能影響學生的價值觀，可偏偏我在生活中就不是個正經的人……。

有時候我討厭有「師包」的自己，做什麼都有所顧忌；但有時候我又感謝自己有這樣的認知，讓我用嚴謹的態度面對工作，同時也能感受到它的回饋，像是得到家長的認同和尊重，所以我想它是雙向的，當你能自律，必然吸引同樣認眞看待「學習」的家長。

分享這麼一長串，你應該不難明白我在「工作」和「生活」間切換角色的苦惱，你也爲此糾結過嗎？還是你經常帶著「生活的樣子」去工作，抑或把「工作的樣子」帶到生活中？

更棘手的是，我還有另外三分之一——「創作的樣子」，這下子情況更複雜了。試想，平常和你拼酒、嗑瓜子的友人，回到家提筆寫出文情並茂的文章，你不會被這反差感衝擊嗎？但我又該怎麼以「生活」或「工作」的樣子對外分享那些多愁善感和天馬行空的想像？要是內在的小世界被公諸於世，實在讓人彆扭和害羞，彷彿被扒光衣服的赤裸裸審視著。

因爲飽受切換角色之苦，讓我下定決心用一本好的作品來揭發最少顯露的「創作樣子」，正視被理性壓抑的感性，那些蠢蠢欲動、源源不絕的靈感、幻想、慾望，都將藉由文字而有所出口。

02.目的——通往夢想的路

出書一直是我的夢想，我幻想過無數遍自己在簽書會上出現的樣子，拿著麥克風激動的談著書的理念，滔滔不絕的和讀者互動、交流，親手在書上簽上自己的名字，多麼動人的畫面。

從我有意識以來就愛寫作，喜歡把腦子裡的畫面、幻想、情緒，通通化作文字，如果能因此煽動、觸動讀者的心，那就太好了！我始終相信，文字之所以產生共鳴，是因爲看到筆者所寫，感覺戳中了自己心裡某個要點，那些原先不知道怎麼表達的話，如今有人能替你寫出。如果你能理解我所寫的，抑或我能寫出你的感受，那我們就有了連結，這本書的價值就此誕生。

03. 時機——含苞待放須待時

爲何沒有在更早之前就出書？記得在黃豪平的演講裡，聽見了一番話，有點忘記確切的語句，記得大意是：「如果夢想有意識，要先養活自己，才能去追求夢想，否則不是對不起它了嗎？」如果我在窮困潦倒時，堅持要以出書爲賺錢的工具，那我可能會對它很粗暴吧！例如用它寫一些非眞心的話，迎合社會大眾、市場的需求，包裝它誕生的樣子。好險我沒有這麼做，所以現在才能出現這本完全「依於心、依於情」的作品。

在出版前，諮詢過幾間出版社，都有共同的、我早知道的結論，這本書市場價值不大，如果以「如何寫作文」、「如何班級經營」爲出書的方向，那市場價值肯定攀升。然而我卻堅持以這本書作爲第一本代表作，因爲我清楚出版社建議的出書方向和我的理想大相逕庭，一個是「工作的樣子」、一個是「創作的樣子」，在工作面向已有努力的願景，希望非必要情況下，創作的靈魂能保有它的純眞性，不離初衷。（但或許哪一天，我也會想嘗試教育類的出書風格。）

04. 心得——躺在創作的情懷裡

我是多情的雙魚座，生活的點滴都可以釀就無數的小劇場，撼動我的心情，這時我就能藉由文字，時刻刻記錄著成長途中，那些容易被遺忘的故事。或許哪天網路毀滅，所有資料被清除，至少我還有本書、還有這些不會背叛我的文字，證明我曾經存活過。

在書寫的過程中，最大的收穫在於：慢慢減緩切換角色的衝突感，深入了解各個面向對自己的意義，並接受「那都是我」的事實。

發現、衝突、釐清、和解，然後深愛這樣的自己。

正在閱讀的你，是否能列出自己的不同樣貌？如果你省思、覺察了那些在皮囊底下的不同靈魂，請試著讓它們平衡發展，不畏懼的健全所有樣貌，愛自己的所有一切。

再次感謝你看到了最後，參與了《三分之一，的我》，躺在我創作的情懷裡，願你能哭、能笑，能激起心中的漣漪，隨波蕩漾。

倘若你能感受我所寫，

我能道出你的感受，

那我們就有了連結，

這本書的價值就此誕生。

旅行／跟我去一趟泰國。

出發前的碎念與忐忑

在這趟旅程出發前，意外聽見 Jolin 出的新歌《消極掰》，歌詞眞符合現在的心境，現在的我極度需要消極一陣子。年假剛結束總是懶洋洋，明明開工了快要一個月，又被二二八連假打亂，活在一個還不願承認已經收假的騙局裡。

忘記在哪聽過這句話：「現在能預料幾十年後的人生是一件很可怕的事。」覺得不能再同理更多，如果現在我就能看見往後二、三十年生活的樣子，那跟死了沒兩樣。聽起來是個喜歡闖蕩、冒險的人，可偏偏老母在生我時，忘了生「膽」給我，導致我經常活在叛逆又膽怯的混亂中。隨著年紀增長，敢嘗試的事情越少，我以爲自己能維持十八歲時的意氣風發，直到最近我快不認識自己爲止。

恰巧，旅行的安排來的如此剛好，這是半年前我就在朋友耳邊，嘰嘰喳喳說要訂下來的行程，當時生活都被實習壓榨的我們，「出國旅遊」成了繼續生活的動力，高喊著「一天一百，一個月三千」的口號，打算存下兩萬出頭的預算，勇往泰國自由行。

爲何選泰國？其實沒什麼特別的原因，大概是我們都想省錢，也還算喜歡東南亞文化，便四個女生相約要來趟度假之旅。

第一次自助之旅，難免像隻無頭蒼蠅，基本的護照、簽證先找了旅行社代辦後，便開始爬文看部落客推薦的必去之地，雜亂無章的資訊，大量映入眼簾，一天、兩天……，我們的進度都還是零。

在某天腎上腺素激進的夜晚，四個女生相約來到我家，總算認眞訂下日期和機票，不經意的找了張曼谷的捷運與 BTS 交通圖，便粗略的規畫五大要在哪些區域停留。有了雛形後，再分工尋覓五天的細項行程，以區域下去搜尋。除此之外，每個人也說出自己心中認爲必去之地，大略有水上市場、洽圖洽市集（可惜爲了省錢，安排在平日旅遊，沒機會逛到）、人妖秀、按摩體驗、海灘、泳池飯店、酒吧、寺廟、古蹟等，洋洋灑灑就列了好多點，這下行程安排也就順暢了起來。

我們開了五個記事本，每個記事本都代表一個區域，在下面留言處整理可去的地方，接著我便開始尋覓飯店，聽很多過來人說，要利用不同的網站比價，但因爲我過於懶惰，加上對介面的喜愛，我私心選擇了 Booking 一用到底。考量住宿的第一要素就是交通的方便性，畢竟自由行最受限的就是交通；第二要素便是美觀程度，花錢旅遊當然要住令人賞心悅目的飯店，但不至於需要多高級，畢竟預算有限加上只是睡眠一個晚上，不要像鬼屋其實都還可以。瀏覽網友的評價是最大的線索，其餘的也只能看圖片揣測，我的旅伴不知道哪來的勇氣相信我，於是我就自作主張訂完了四天的住宿。

填上信用卡資訊的那一剎那，會覺得特別忐忑，擔心被盜刷、扣款失敗等問題，雖然清楚載明著預定資訊，仍對於異地、不同語言、無法立即打電話確認訂單情形感到特別沒安全感，這份擔憂持續到 check in 成功的那一刻，才會煙消雲散。

有多個旅伴的優點便在於此，彼此能分工合作；缺點在一但分配好工作，你便自顧不暇，完全不會過問其他人的工作內容，這樣其實挺冒險的，任何一個人出包，都會很麻煩（出包的人就是我），這在稍後的旅途會提到。

眞正要出發的前一個禮拜，我們才開始細緻的規劃行程，把每一天的內容整理成 word 檔，包含交通方式、預估付費、買門票等，這下才發現有些地方考慮得不夠周全，行程卡卡的，但飯店已經預訂，要更改也來不及，好吧！就這樣吧！「靜觀其變，順應自然。」也是人生必學的道理之一（原來是佛系旅遊啊）。

接著要解決實際面問題，像是換幣、網卡等等，我們上網爬了許多換幣資料，有的建議先換美金，有的提醒要看匯率，但因爲我們只要兌換小額，因此打算直接兌換泰銖。看見部落客分享匯率的部分，台灣的匯率較差、泰國的 super rich 不錯，因此我們便決定在桃園機場兌換一至兩千做預備，其餘的至泰國再兌換。

匆忙規劃的一週，就這樣咻——的過完，直到出發的前一晚，我都還覺得不眞實，眞的是明天要出國嗎？接下來五天的生活會是怎樣啊？我會不會遇到空難？保險額要不要提高？我已經很久沒有無法想像明天會發生什麼事的雀躍感了。

對我而言，在二十出頭便能
想像幾十年後人生的樣子，
那跟死了沒兩樣。

第一天——穿梭在電影裡的街道

清晨五點半，細雨迷濛，天空陰灰灰的，我拖著行李來到相約的地點，「天啊！這是一場夢嗎？」覺得好不眞實，新竹已經下了一週的雨，加上低溫的天氣，實在讓人陰鬱，看著泰國的天氣顯示三十七度，已經迫不及待迎接久違的太陽公公。

看到友人的那一刻，才確定自己活在現實世界裡，興奮的把行李放上計程車，準備前往桃園機場。車上的我們沒有太多的對話，立刻閉眼補眠，好爲待會兒的行程保留體力。

到了機場，我們先是換了一至兩千的泰銖，看著手續費一百元及爛到不行的匯率嘆口氣，便進行繁瑣的機檢、入境，搭上飛機前，我們還不忘悠閒的吃台灣道地的早餐。

小資之旅，選擇搭乘廉航，空姐用泰語和英文和乘客對話，從那一刻起，我們切換了語言模式，進入了考驗英文實力的世界。飛機上的小孩尖叫聲很刺耳，有幾度我懷疑他是被人偷抱、擄來的，空姐即使面帶微笑，仍被我抓到幾次忍不住皺眉的表情。機艙裡一橫排有十個座位，我覺得相當擁擠，雙腳無法完全伸展，使人腰酸背痛。

飛機剛起飛時，恐高的我強忍著鎮定，硬是不讓自己看向窗外，催眠自己快睡著，在不斷往上升的過程中，我感覺自己心跳加速，一點微小的振幅，眼淚都可以奪眶而出，直到飛機平穩進入到平流層，我才說服自己就像坐高鐵一樣，慢慢有了睡意。

再醒來已經是要降落的時候了，沒想到令人心慌的程度比起飛還高十倍，會有坐自由落體的錯覺，心臟懸浮在空中，腳底發麻，但我還是不斷說服自己，放輕鬆、很好玩的，以免我留下不敢再搭飛機的陰影。

下飛機後，立馬感受到泰國的熱情，褪去上衣，趕緊辦好網卡，準備要展開五天快樂之旅。一出機場，便面臨到第一個挑戰，該如何前往飯店？道路上來來回回行駛的計程車，卻沒有一台是空車，似乎都是預先約定好來接機的，旅伴開啟在台灣預先下載的叫車 APP（Grab），但卻一直顯示「busy」，讓我們手足無措，僵持了十分鐘，我決定厚著臉皮說破英文求救，開口詢問了其中一名計程車司機” Can we get on the car？“他用手一揮，帥氣地說” Come here！“但卻不是朝車的方向走，我開始胡思亂想：「該不會第一天就遭遇不測？」腦海腦補著《即刻救援》的綁架情節。走著走著，便看到機場大門有代叫車服務，這才鬆一口氣，這裡規劃得很不錯，抽號碼牌排隊，會有服務人員和你確認到達地點、幫你安排司機。

泰國的計程車五顏六色，相較於台灣千篇一律的黃色可愛多了，不只外型可愛，連價錢都很可愛，三十五元開始起跳，一次竟然只跳兩元！旅伴加上我總共四位，平分下來的費用比坐大眾運輸工具便宜，因此我們打算這幾天都靠跳表計程車代步啦！

泰國是右駕，第一次坐在司機的左邊覺得很神奇，本來有些擔心搭乘計程車的人身安危，但看見他們在副駕駛座地方都貼有姓名、編號等資訊便感到安心，加上看見駕駛在車上貼滿信仰相關的圖片，有種莫名的安心感，大概是認為信佛的人都不近女色吧！

隨著計程車司機開過的一路，我們看見各式泰文的招牌，興奮的在車裡討論著：「天啊！眞的來到泰國了耶！」、「他們騎車都不戴安全帽耶！」抵達目的地時，我猶豫要給多少小費，司機已經找好零錢，並告訴我小費五十，強行收價的概念。

來到了第一天的住宿「拉差達鑽石酒店」，順利的 check in，我們迫不及待看房內的擺設，親民的價格能有這樣的規格，我們可說是非常滿意，開心的撲上床，很像這輩子沒住過飯店一樣。快速放好行李，我們便提起隨身包，開始旅遊啦！

我們從 suthisan 坐 MRT 來到 phra ram 的 super rich 兌換泰銖，恩，這裡的匯率好多了。在曼谷搭乘 MRT 需通過檢查通道，若是攜帶飲料會被要求喝完或當場丟掉才能進入（我倒是沒嘗試過如果用保特瓶裝放在包包內可不可以）。

我們步行來到 central plaza 商城的美食街享用午餐，這裡的美食街很特別，在入口處可用最低兩百的額度購買卡片，以便到不同的店家消費，相當方便。而且會在不知不覺中把消費湊滿兩百，策劃人眞聰明，更棒的是，若沒有消費完金額，還能再兌現回現金。

第一餐我點了海南雞飯和一杯芒果冰沙，迫不及待要來嚐嚐道地的美食，用餐環境很舒適，背後的窗戶望出去，便可看見曼谷的都市景致。海南雞飯的油嫩程度剛好，非常入味，搭配酸辣的醬料，第一餐就令我食指大動；芒果冰沙的口感和台灣差不多，但是感覺更有誠意，口感更扎實。

飽餐一頓後，本來打算要至附近的 Tesco 逛一輪，但礙於行程已經拖延到，只草草逛了一下，便趕回地鐵站，前往金東尼劇場看人妖秀。

其實在路上便隨處可見人妖，對當地而言似乎是再稀鬆平常不過的事了，但可見觀光客都還是會用好奇的眼光上下打量。劇場的外觀不如預期中的壯觀，斗大的中文字倒是令我感到稀奇，在網路上便看部落客分享，此地似乎是大陸人經營，但實際來臨，還是被滿座的大陸人給震驚到。沒想到開場的主持人也是位大陸人呢！

流利的中文開場，我都要懷疑我是來大陸觀光的，好險幕簾拉起，表演的人妖是道地的泰國人沒錯，一出場就被他華麗的造型給震撼到，這服裝宛如舞台劇般的講究，妝容更不用贅述，小巧的臉蛋、天使般的身材，比女人更加撫媚、嬌柔，每個動作、韻味都令人嘖嘖稱奇，印象中他們表演了中文、韓國、泰國、美國、日本等國家的歌曲，最令我印象深刻的是，中場有一位身材較豐腴（白話肥胖）的表演者，會來台下和觀眾互動，他主動上前親人、討摸，大家都被嚇得逃之夭夭。

結束接近四十五分鐘的表演後，可以到外場和人妖拍照，原先便知道拍照要給小費，只是預算在五十到一百間，沒想到和一名人妖拍照時，他主動向我討了兩百元，且態度強硬到我不知該如何拒絕，只好掏出兩百便趕快離開。我們四個簡直是落荒而逃，很特別的經驗，可以體驗一次，但不會想要再經歷一次，太可怕了。

早起的我們，加上一路的舟車勞頓，本來想簡單的在飯店附近外的市場吃一吃，便回飯店休息，但是到市場時，發現攤位都已經收得差不多了，我們便按原定計畫，前往拉差達鑽石夜市，我們在路邊攔了跳表計程車便上車，司機看著 google map 用很狐疑的眼神看著我們，接著開口說”It is not famous.“他這一說，我的心瞬間涼一半，但是我再三確認來過的部落客都說大推呀！反正都上車了，就去看一下吧。這 google map 預計五分鐘的車程，卻塞了快半小時，曼谷的車流量真是不容小覷！滿滿的觀光人潮和消費力，這麼大條的馬路，車子卻完全動彈不得，回想剛剛搭 MRT 也是人潮爆滿，現在能快速移動的只有在我們眼前鑽來鑽去的摩托車了，刺耳的引擎聲、熟練的技巧，我們在車上興奮的說回程要來體驗一下。

曼谷的交通跟台北有點像，汽車不能隨時迴轉，都需要繞上好大一段，路面上也幾乎不見斑馬線，行走的人必須走天橋，即使這樣的規劃，他們還是「交通果醬」啊。但是在此，不得不稱讚，當地人開車非常禮貌，不會有刺耳的喇叭聲，也不見有人惡意插車等，大家都很守規矩，乖乖在隊伍裡。

終於抵達了拉差達夜市，才剛到夜市外圍，就能感受到夜市的熱血沸騰，明明是一個超棒的地方啊！這裡眞的大推薦給要來曼谷玩的旅客，一定要來這裡消費，這裡有美食、古著店、酒吧等各式便宜的攤販，既慵懶又迷幻。我本人對於美食的要求不高，只要能嚐到道地的特色小吃就覺得滿足，但因爲是夜市，實在是吃了太多樣東西，唯一記憶較深刻的是「香蕉煎餅」，眞的超級好吃（大推）！要不是吃上這一盤，我還眞不知道香蕉熱的也可以這麼好吃；還有一樣是「小卷蛋」，很新鮮的口感，咬下去會感受到「噗滋」的爽感。其餘的美食我記得自己都被辣到流眼淚，所以趕緊買了椰子汁解渴，椰子汁甜甜冰冰的很解渴，但是拿著它逛街實在太不合理，很重又會滴汁，弄得手黏黏的，這邊提醒大家，千萬別在逛街時買椰子汁，自討苦吃。

邊吃美食的同時，會不停的被一旁佇立的古著店吸引，一來是他們的裝潢都復古得很吸睛，二來是店員通常都很有造型、很嘻哈。除了古著店外，也隨處可見小攤販擺著各式便宜的服裝，感覺很像高雄還沒沒落前的新崛江或金鑽夜市，我們挑了幾雙好看的涼鞋，打算到海邊時穿上。沿路會聽見各家酒吧放的爵士音樂，有的慵懶、有的搖滾，整條街很舒服。

「好險有來。」望著手上滿滿的戰利品，眞慶幸飯店附近的市場都收攤了，才讓我們有機會來到這裡。因爲實在太好逛了，原先預定九點要回飯店休息，直接延後到十一點，但自助旅行最棒的地方便在於能自由行動，在規劃的行程內偶爾耍點小任性、隨心所欲一下。身軀又累又痠的我們，決定要來體驗摩托車載客文化，我們和司機溝通了行程，以爲要一人一台出發時，司機卻說："come on two."等等，他是說他那台摩托車要載兩個人嗎？原本以爲他在開玩笑，卻發現他是認眞的，只好默默的上車，我緊抓著前面的旅伴，深怕一個差錯，我就被甩下車。

司機熟練的在車陣中穿梭，似乎把我叮嚀的"carefully"完全拋在腦後。穿梭的速度很快，涼風吹在我們又黏又溼的皮膚上，這一切也太不眞實了吧，還是說我現在正在電影情節裡呢？那些我以爲過不去的縫隙，都巧妙的以各種幅度鑽過去了，我能活著抵達終點，眞是可喜可賀啊！

第一天的行程大致就是這樣荒謬的結束了，回飯店時還有點想念家裡的枕頭，但是接下來的行程，都讓我一天比一天更愛泰國。

直到在沒有人認識的城市裡，
才發現自己有多麼想念那意
氣風發、對生活熱情的自己。

第二天——所以選擇放慢腳步

第二天的行程我們遠赴到大城（Ayutthaya），來到泰國參觀當地信仰的寺廟、古蹟也是必要行程之一。在城市待久了，偶爾也想放慢步調，讓文化洗滌心靈。

清晨六點，我們便起床梳洗，匆忙的在 7-11 買了起司燻腸熱壓吐司當早餐，還來不及吃，便趕往 MRT，一路從 Suthisan 坐到 Hua Lamphong。在這打個岔，泰國 MRT 的手扶梯速度是台灣的 1.5 倍，雖然省時許多，但也讓拖著行李的我，差點追不上它的速度。乘坐的站數有點多，且正逢上學、上班尖峰時段，車廂內非常擁擠，簡直前胸貼後背，甚至能感受到旁人的氣息，很不舒服。

到站時，放在背包裡的早餐已經冷掉，幸虧不失美味。大推薦泰國 7-11 的熱壓吐司，超級好吃！

因爲弄不懂泰國複雜的火車系統，也記得出發前系統顯示無法預定車票，所以我們到現場才買票，這時派出英文最好的旅伴和站務人員溝通，總算搞定去大城的火車票。

泰國誤點似乎是常態，我們等了將近十幾分鐘才上車，剛要上車就被它的台階高度嚇到，身為年輕人的我們要跨上車都有些吃力，何況是年長者或行動不便的人？去程搭的火車是有冷氣的（至今還是弄不懂它的車種名稱……），票價約莫三百初，途中會有服務人員遞送飲料和一吃起來像太陽餅的點心。火車的空調很強，但座椅沒有到很舒適，清潔程度我覺得台灣略勝一籌，由於實在太早起了，所以坐了一下子便昏昏欲睡。

大城的車站很漂亮，別有一番鄉土民情，隨處可見棲息的流浪狗，月台之間沒有障礙物阻擋，直接讓人們通行鐵軌，十分特別，要是台灣走在鐵軌上，可是觸法的。我們先是尋覓了寄放行李處，得知價錢是二十四小時「十泰銖」，嚇得目瞪口呆，這個價錢在台灣只能買一顆糖呢。

在大城幾乎不見跳表的計程車，加上每個景點之間都有段距離，因此原先我們預計要租機車（價錢很便宜）。但在剛出車站時，便有許多熱情的嘟嘟車司機和我們介紹一日遊的方案，因考慮我們對當地交通規則的不熟悉，以及想到要在烈日下找路，我們終究是被慫恿了，於是答應了一日遊的方案。

當時司機開價一千四，我覺得和租車預算差距太大，便不斷的和他殺價，最後以八百成交。這時不禁覺得四人出遊這個人數是最好的選擇，一台車好容納的人數，價錢平分下來也很便宜。這裡解釋一下嘟嘟車的一日遊方案，司機會載你到大城的每一個古蹟景點，一個定點停留約二十分鐘（可商量，如我們在水上市場停留了一小時），他會在入口處等你逛完後出來再載你到下個景點，一開始會很不好意思讓司機在外頭等我們，但看見他們群聚聊天的畫面，似乎很稀鬆平常，我也漸漸放下擔心，專心在自己的參觀行程上。

談攏價錢後，便展開我們在大城的一日之旅啦！第一站我們先到了水上市場，進入乘船需要兩百泰銖的門票。之後上網查，才知道這裡是為觀光客設計的，所以它不像道地的水上市場，會直接在船上進行交易，它的店家都位於陸地上，這讓我有點失望。可能因為平日人煙稀少，乘著船的我們在水的中央，被陸地上的遊客或店家投以好奇的眼光，感覺我們像是誤闖的小動物。

乘船繞了一圈水上市場，我們便下船開始步行購物，這裡販賣的商品大多是泰國特色小吃、服裝等。讓我們停留最久的是一間百元的伴手禮店，裡面有許多大象圖騰的周邊商品，諸如鑰匙圈、錢包、手機側背包、化妝包、筆記本等，很適合在這裡買紀念品回國分送給親友。

水上市場的周邊也有小羊、大象與人近距離接觸，但因爲不捨騎大象，所以沒有接近那塊區域。

逛完水上市場後的一連串行程，都在參訪古蹟，入園的門票從免費到五十不等，因爲太多定點了，老實說每一個古蹟對應的名稱我不是記得很清楚。印象較深刻的是瑪哈泰寺的樹中佛陀，在菩提樹中央有尊佛陀的頭像，那奇觀至今想起仍歷歷在目，以示尊重必須蹲下身與其合照（頭不能高過於祂）。

沿路也參訪許多寺廟，看見了臥佛、最大的佛像等，走走停停的欣賞，心靈會格外的平靜，也能感受泰國信仰的虔誠與影響的深遠，雖是觀光客遊走的地區，但會感受到遊客入境隨俗的尊重。如果喜歡古蹟、宗教文化的旅者，一定會對這裡特別喜愛。

由於正值烈陽高照，加上走了一整天的路，我們沒有參訪完司機原先安排的所有寺廟景點，便提議要先回飯店休息。這裡衷心建議未來要前往泰國遊玩的旅客，在正中午至下午三點這段期間，一定要安排室內活動，否則眞的受不了太陽公公的熱情啊！

來到今晚住宿「PU 度假酒店」check in，它營造的民宿風格實在讓我很喜歡，一入門便是游泳池，已經有西方旅客在泡水享受清涼。到房間放好行李後，便先到浴室沖澡，沖掉一天的汗珠與黏膩。

多虧有嘟嘟車的接送，讓我們今天的行程省時許多，有閒暇時間能躺在床上討論要不要睡午覺，最後的決議，伴隨著旅伴的打呼聲有了答案，我們進入香甜的夢境，再醒來是兩小時後了。

沒有吃午餐的我們，在黃昏時醒來早已飢腸轆轆，我們前往大城夜市尋覓晚餐，旅伴決定一起買幾樣小吃回住宿在泳池畔一起享用。大城夜市相較於第一天的拉差達鑽石夜市樸實、簡單許多，只有一條街、一個方向，但是應有盡有。我們先是買下了部落客推薦的芒果椰奶糯米飯，接著看到一大袋僅只五十泰銖的草莓，二話不說立馬買下。除了吃的以外，也在這裡買下貝殼造型手鍊、還有衣服。

回民宿第一件事便是清洗草莓（台灣草莓好貴，我已經迫不及待吃它了），但因爲量太多，一時找不到容器，只好倒進洗臉盆清洗，這樣的畫面實在太可愛，讓我忍不住用手機紀錄了下來。草莓味道偏酸，本以爲店家附的調味包是糖粉，但沾起來卻鹹鹹的，只好拿住宿提供的咖啡糖粉來將就，雖然口感偏酸但不至於難以下嚥，能吃到如此數量的草莓，我已經感到心滿意足。

芒果椰奶糯米飯很開胃，但是連續吃了幾口，還是覺得芒果放在餐盒裡太奇怪了，甜食配米飯吃不慣，因此我只吃了幾口，但還是推薦給第一次來泰國的旅客，值得嘗試一次。印象中很好吃的美食還有豬耳朵，但是老闆跟我說的 " a little spicy " 卻讓我辣到流眼淚，如果不習慣吃辣，在泰國眞的很折磨，食物多是酸辣重口味。

今天旅程令我有所省思的是，大概是深受台灣減少塑膠袋的環保政策影響，在泰國看到各式醬料都一個塑膠袋，連 7-11 也免費提供塑膠袋時，讓我覺得有些浪費，原來台灣「一元塑膠袋」的政策也漸漸影響我了。

大城的寺廟大概在下午四、五點就不開放進入了，加上這裡沒什麼夜生活，車站又能寄放行李，所以有許多遊客都選擇半日遊大城，晚上便到其他城市去。但講求慢步調的我們，不想將行程排得太緊湊，所以在大城度過一晚，體驗不一樣的旅遊步調。

待在城市久了，偶爾也想放慢步調，讓文化洗滌心靈。

第三天——沙灘上的影子好長好長

回顧起第三天，當時的狀態雀躍無比，覺得人生中已經很久沒感到如此奔放、快樂的時刻了（都在壓力中求生存啊），也終於在今天，完成了人生夢想清單之一——在無人認識的海邊穿比基尼。那是一種完全不用在意他人眼光、自由不過的感受了。

一早我們先從大城搭火車回到曼谷，回程訂的車票是最原始的車種，體驗了「沒有冷氣」的火車，價錢一百有找，和來程的價錢相差甚遠。因爲早上七點就搭上火車，氣溫很舒服，將臉靠向車窗，微風拂過很涼快。相較於出國前，陰雨綿綿一個禮拜的台灣，這裡的天氣令人愛得不得了。

火車座位採「面對面」的方式相座，受不了相視尷尬的我，自然而然的把頭轉向窗外，外頭的景致是遍地的草原，綠油油的草田從我眼角閃過，相似的景色令我漸漸有了睡意，能伴隨著鄉村景色睡去，也覺得挺幸福的。

不知睡了多久，都市的熱鬧將我喚醒，接近中午的時段，太陽蓄勢待發，額頭上逐漸冒出汗珠，相比出發時的清爽，開始讓人有些不舒服。車外的景致已換成車水馬龍，提醒我們來到另一個城市。

抵達曼谷後，我們前往伊卡邁 **Ekkamai** 站乘坐巴士，要往今天最令人期待的邦勝海灘 **Bang Saen Bench** 邁進啦！

邦勝海灘所在的城市名稱很可愛，叫做「春武里」，聽起來是個很適合養老的地方，車程約莫兩小時，巴士上很舒服，我是個喜歡搭乘大眾運輸工具的人，喜歡那一幕幕掠過眼角的影像，提醒著我看的每一刻都是當下、而下一秒卻會逝去。

下車時，我們先從郎汶傳統市場逛起，內部販賣許多件手禮和傳統美食，旅伴買了竹筒飯，吃起來口感甜甜的，很不習慣。因爲市場攤販重複率高，加上我們預計伴手禮在最後一天至 **Tesco** 再購買，故繞了一圈我們便決議要乘坐「雙條車」直接到海灘，也算是蒐集了泰國當地各種交通運輸工具。

「雙條車」是當地很有特色的交通工具，看上去和昨天的嘟嘟車款相似，但它經營的方式類似「公車」，也就是車上會有許多客人，每人十五塊，即將到站時按鈴，司機便會停車。過程中我們還看見學生放學搭發條車的情形，奇觀宛如會在社會課本上出現的民初黑白照片。

邦勝海灘綿延的海際線看不到盡頭，廣闊無際！海邊沒有太多的店家，感覺像是道地的海邊勝地，不如觀光景點的熱鬧，但是因為人潮少，也更能感受漫遊的步調。

沙灘上有陽傘和躺椅可以租借，玩完海水後能在椅子上休息乘涼，比較困擾的是，我們不放心將隨身攜帶物品遺留在躺椅區，詢問店家是否有行李寄放處，他們卻大方、熱心的說能幫忙看管，他們將我們包包放在做生意的檯子上，起初有些半信半疑，但因為想說它是店家，應該不可能半途整個攤販搬走，所以選擇了相信（雖然回想起來還是有些冒險），很感謝他們好心的幫忙看守隨身包，離開時我們要給予小費他們還推辭，讓我們感到滿滿的人情味。

卸下隨身包後，我們便心無旁騖的盡情玩耍啦！雙腳陷入細軟的沙堆中，周邊的孩子開心的戲水玩樂，所有人都徜徉在大海的懷抱裡。臉皮薄的我，在無人認識的海邊才敢穿比基尼大肆走跳，我們追逐著浪花，任憑陽光灑落在青春的身軀，拉出長長的影子，在沙灘上交錯重疊，象徵我們交錯的生命，攜手共創了許多美好的回憶。

水花四濺，海風迎面而來，鹹鹹的海味，道出一同走過多年青春的我們，終將也邁向更成熟穩重的未來。

除了戲水外，留下倩影也是一定要的，陽光、沙灘、比基尼，「黃金三角」一次到位，不記錄這猖狂的青春怎麼可以呢？按下快門，捕捉好多笑開懷、明信片似的照片，大聲呼喊，瘋狂的享受此刻。

戲水後的傍晚，我們在附近找間道地小吃果腹，碰巧遇見英文流利、喜歡四處旅行的老闆，他侃侃而談的和我們分享他的旅遊故事，也詳細的介紹店內的特色小吃讓我們認識，旅行不可或缺的風景——「人」，在每段旅程，因緣分遇上而多聊幾句的「陌生人」，都替這趟旅程添增了更多意義。

今晚的住宿是坐落於 Nana 站附近的「旅遊山林小屋素坤逸 11 號酒店」，又是一間 CP 值破表的住宿，接待服務周到，且櫃檯的英文流利，甚至會說一些中文。當初線上 booking 的價格不含早餐，每人加付一百四十九泰銖便能吃到飽，內部的餐點美味、用餐環境也很舒適，唯一較美中不足的是，菜色不如預期的豐富，選擇性較少。飯店內部設施是四天住下來最高級的，安全程度也是最高的，能花八百初的泰銖，住到猶如五星級飯店的房間，真的令人欣喜若狂。

最精彩的彩蛋還在後頭呢！頂樓的高空游泳池令我們畢生難忘，夜晚時能俯瞰曼谷夜晚的市景，抬頭便能仰望閃爍的星空。四個女孩在池畔不斷尖叫，迫不及待想感受游泳池的冰涼，沁入人心的快感！我們興奮的像四條魚兒，不斷的在泳池裡來回折返。

頂樓的幻境遠離了城市的喧囂，仰躺在水面上，感受零負擔的一身輕。雖然周邊不是世外桃源或無邊際海景，但能在都市裡享有這樣的悠閒、清涼的享受，已經是旅客莫大的享受了。（可惜泳池十時點後便禁止下水，不然還想浸泡更久呢！）

住宿的外頭鄰近超商，且一拐彎出去便是繁榮的酒吧街，看著滿街的西方遊客以及美式酒館，會有一種身處「慾望城市」的錯覺。

和我擦肩而過的倆人看起來素昧平生，但卻親暱的攙扶彼此，男方是白人、女方是東方人，他們搖搖晃晃的從酒館走出來，女人在男人耳邊講悄悄話，男人的手也顯得不安份，伴隨著放浪的笑聲，他們一同乘上計程車。兩旁五光十色的 pub，加上帶有藍調、爵士的氣氛音樂，這裡的 one night stand 就像電影情節一樣的合理。

我們選擇了一間有歌手駐唱的酒吧用餐，雖然這裡是酒吧，但餐點的價位卻有如熱炒店親民（一盤接近一百），讓我們能花小錢填飽肚子，同時還能欣賞表演。

倘若有機會來到這裡，別忘了選一間有質感的酒吧，坐下來和友人喝一杯，享受愜意、放縱的曼谷夜晚。

我們追逐著浪花，任憑陽光灑落在青春的身軀，拉出長長的影子，在沙灘上交錯重疊。

第四天——被陽光吻遍全身

有仔細看前一天遊記的讀者應該知道，我們對於酒店的頂樓游泳池愛到不行，所以第四天我們為了不耽誤行程，起了一大早「晨游」。

清晨的泳池很清涼，早起的鳥兒有蟲吃，整個泳池都被我們獨享！一旁有躺椅區，讓我們悠閒的躺在藍天下曬日光浴，陽光蒸發身上的汗珠，讓身子變得很輕、很舒適。（但千萬別中午做這件事，鐵定被烤焦。）這是有生之年，第一次認眞感受陽光的溫度，感受它親吻著我的肌膚、拂過我的臉龐，能如此美好的開啟一天的早晨，實在讓人元氣滿滿。

享受完早晨的日光浴，便要來展開戰鬥力破表的行程——大逛特逛「水門市場」，這裡有女人天堂的號稱，商品琳瑯滿目，保證逛到腿軟！相較於夜市攤販，這裡的衣服當然貴了一些，但是能邊逛邊享有冷氣空調，不用汗流浹背的人擠人，加上選擇性更多，不怕挑不到自己想要的服飾。價位位於兩百元的居多，許多在台灣要四百到五百元的商品，這裡通通兩百元，但是衣服不提供試穿（有些店家可以隔著衣服套）。

在這裡分享我個人最得意的戰利品——兩套共七百元的比基尼，沒錯，一件才三百五十元！對比於台灣破千的價碼，我二話不說立馬掏錢買下了，到現在還很懊悔怎麼沒多買幾件，如果想要血拚的女孩，絕對不能錯過水門市場，應有盡有，任你挑選。

在水門市場附近，有著鼎鼎大名的四面佛，如果大家認爲將來有能力來還願，可以前往祭拜，聽說非常靈驗。

逛完水門市場，加上這四天步行的里程，雙腿已經不聽使喚，在此時安排「按摩」馬殺雞再適合不過了。預先上網查評價，選定了這間 Health Land Spa & Massage，地點位於 **BTS Asok** 站三號出口，再步行十分鐘就可以抵達，但我們完全小看了這個十分鐘，在烈日底下，這十分鐘猶如一世紀。

因爲預算有限，所以我們選擇「傳統泰式按摩」，鑒於從沒體驗過，預先上網查詢何謂泰式按摩，看到介紹意指按摩師會拉筋、推拉、伸展等較激烈的方式來鬆弛你的身體，看到這樣的字眼是很驚悚的，不由自主的擔心現場的情況。

進去大廳後，等待櫃台唱名，服務人員替我們換上拖鞋，接著帶我們到小房間著裝，我們四個女生進到小房間便手忙腳亂的脫掉衣物，只留一條內褲，研究很久不知該如何著裝，最後亂穿一通，把可以綁上的地方捆起來，便開門向按摩師示意。

房間內放著柔和催眠的旋律，燈光昏暗，很快就讓人有了睡意。

按摩師從腳部按起，慢慢到腿部、臀部、腰部、背部、頭部，一路往上，當被按到大腿內側時我忍不住笑出來，因爲實在太癢了，但我轉頭看向旅伴時，她們都淡定、平靜的享受著，我只好壓抑住笑意。

按完大腿後，按摩師直接高舉我的腳，毫無預警的往身體的方向壓，我大叫一聲，把我的旅伴都嚇醒了，這樣的行徑引來按摩師一陣大笑，眞想挖地洞鑽進去。接著按壓到臀部時，我感受到猶如針灸的酸楚，不知道是不是因爲久坐又愛翹腳的緣故。進行到腰部按摩時，按摩師固定我右半身的身體，接著用力將另一半邊的身體往反方向折，我聽見自己身體關節舒展的聲音「ㄅㄧㄚ」啊！痛，但是爽快呀！馬上，他又重複同樣的動作，壓住左半身的身體，用力將右邊的身體一折，「ㄅㄧㄚ」通體舒暢！

過程中一直睡睡醒醒，按摩到頭部時最容易進入睡眠，但不時又會被自己關節的聲音驚醒。肩膀的地方是最痛、也是我最期待的按摩區，按摩師用手軸來回反覆的在我肩頸施力，我聽到自己肩膀不斷被壓出關節滾動的聲音，超級痛！一直到隔天我的肩膀都紅紅腫腫的，輕壓就會痛。

快樂的時光總是過得特別快，痛感十足、卻也痛快無敵的兩小時按摩，就這樣到了尾聲，按摩師壓制著我的身體，用力將我身體往上一拉，關節的舒展讓我覺得自己頓時長高了兩公分。給了小費一百泰銖後，我們便換回原本的衣物，回到大廳享用熱茶，熱茶下肚，身體十分暖和，但也覺得軟趴趴的，很想倒在飯店裡睡一覺。

好加在預先評估按摩過後的我們鐵定只想休息，所以安排了「吃到飽」餐廳——Best Beef（近 on nut 站），這間餐廳是友人在統神的 youtube「滑到泰裡面」影片看到的，他大力推薦我一定要去。

餐廳非常廉價，不到三百元便能享用吃到飽，另外可加價選擇喝飲料、啤酒的方案。一拿到菜單，先是避開很快會感到飽足感的澱粉類，點了肉類和一堆海鮮，諸如蝦子、魷魚、扇貝等，大吃特吃。烤盤很小，所以大家都手忙腳亂，不斷的夾東西上烤盤、翻面、分食，再放新的上去。店家規定用餐時間為兩小時，若沒有吃完，會適量罰錢，鼓勵消費者量力而爲，不浪費食材。四個女生盡力的把肚子撐到最大，享用這 CP 值破表的美食，最後不忘加點青菜，避免今晚的廁所異味過重。更棒的是，餐廳還附有冰棒及霜淇淋等飯後甜點，女人有兩個胃，一個是拿來裝甜食的，現在派上用場了。

今天堪稱「貴婦之旅」，逛好、吃好、又有舒服的按摩。

而今晚的住宿有別於前三天的華麗富貴，打造的是小巧、文青風格，店面是一間咖啡結合輕食的複式餐廳，內部提倡著環保意識，裝潢簡約、精緻，招牌高掛著「Better Moon」，在鬧區裡顯得遺世而獨立。

二樓開始便是住宿區，小小一房的格局，配上 LED 燈的造景，十分溫馨，上下鋪的設計，讓我們重溫大學的宿舍時光，在最後一晚住到這間民宿，格外有意義。民宿接近安努街，到了晚上仍十分熱鬧，我們相約明天要再來足部按摩，把握最後一天的行程，好好享受。

奔波於生活，別忘了寵愛自己，
休息是為了走更長遠的路。

第五天——夢醒九分

每打一天的遊記，思緒就回到當天的場景，車水馬龍的喧囂、地冒熱氣的溫度、笑容滿面的群眾，實際出遊五天，卻細細品味了將近一個月，實在是有點不捨寫下第五天的遊記，好似完成了這篇文章，我也眞的該從這場「夢之旅」醒來了。

Better Moon 是四天唯一一間不用加價便附有早餐的住宿，早晨起床能悠閒的坐在店內聞著咖啡香、聽著柔和音樂，享用豐盛的早餐。忘記我的餐點名稱，餐點內容是雞肉、時蔬配上糙米飯和一杯拿鐵，連飲料都是不鏽鋼吸管，可見店家十分講究環保。

吃完早餐後，我們在民宿外的街道找到 Takrai Hom SPA massage 按摩連鎖店，便進去做足部按摩。別於昨天的按摩，這次按摩師會在按摩的部位抹上精油，熱熱涼涼的，很像痠痛藥膏，按壓的每一個腳底穴道，都讓我像觸電似的抖動身體，不禁懷疑自己到底是有多不健康。

按摩師也會利用膝蓋，重壓小腿筋及大腿骨，十分舒服。原本以爲選擇足部按摩，應該只會按到腿部，但按摩師也有做簡單的手部、肩頸按摩，以廉惠的價格（兩百泰銖）卻能享受到如此待遇，令我們十分欣喜，且過程完全不馬虎，不輸昨天的力道和技術。

在回國前，一定要好好血拚購買零食回台灣，昨天已滿足對於服飾的慾望，今天則是要來滿足口腹之慾。

我們來到旅客必推的 Tesco 量販店掃貨，這裡的感覺讓我不禁聯想到台灣大潤發，琳瑯滿目的商品讓我眼花撩亂，一口氣買了芒果乾、木瓜絲、榴槤糖（惋惜沒買榴槤乾）、酸辣 pocky、蜂蜜、泡麵等，因爲前四天花太多錢了……，只好縮減最後一天的預算，回國整理食品時覺得稍嫌少，有點小遺憾。

泰國的最後一餐我們來享用 Krua Sai Lom Restaurant 平價泰式料理，餐點非常便宜、份量又大，且菜單很貼心的附上一張張圖片，讓看不懂泰文的我們也能順利點餐。

其中的河粉Q彈、嚼勁十足，旅伴想挑戰辣的極限，點了炒飯，結果吃到直流淚。

吃飽喝足後，我們趕回飯店取行李，馬不停蹄的搭上BTS要趕往終點站Mo Chit乘坐接駁車A1到廊曼機場，此時預料之外的事發生了！我完全錯估從 On nut 到 Mo Chit站的乘車時間，比預估中久了將近半小時，我們慌張的討論著等會兒該如何趕上接駁車，方寸已亂。

這時聽見我們在討論的乘客開口詢問：”Do you speak English？“我們點頭後，他用英文告知我們路線，安撫我們緊張的情緒，並祝福我們一定可以趕上的。另一名乘客也用了中文和我們說加油，他說接駁車若碰上塞車一小時可能都到不了，聽到這個消息簡直快哭出來，千萬不行啊，我們離登機時間只剩兩小時半，雖然很著急，但同時也被友善和熱心的人們感動，如果不是碰上他們，我鐵定焦慮到手足無措。

多謝上天的眷顧，接駁車一路開往高速公路都沒塞車，順暢的開往機場，花不到半小時的時間便抵達，讓我們有充裕的時間準備登機，終於解除警報。天啊！以後行程還是要彼此監督、確認一次，實在是有驚無險呀！

五天的泰國之旅，就在趕機奔波中悄悄地畫下句點，旅行中最令人難忘的除了美食、美景外，還有一路幫助我們的陌生人，以及陪伴在彼此身邊的旅伴。

儘管後來去了別的國家，回過頭看這篇文章，仍舊心有悸動，旅行的年齡、動機、旅伴或許都會使意義不同。謝謝你認眞地看完四位女孩的 Crazy travel，希望這五篇旅遊紀錄能打動你的心，讓你訂下前往曼谷的機票，展開一段輕鬆自在的度假之旅。（當然要等這波疫情度過了。）

返回現實的旅客請登機，

願你還能帶著九分清醒、一分醉意，

繼續作夢。

國家圖書館出版品預行編目資料

三分之一，的我／有故事的女同學 著. --初版.--臺中市：白象文化事業有限公司，2022.5
面； 公分.
ISBN 978-626-7105-60-3（平裝）

863.55 111003386

三分之一，的我

作　　者　有故事的女同學
校　　對　黃沛瑜
封面設計　洪肅幸
內頁照片　自行拍攝、unsplash
發 行 人　張輝潭
出版發行　白象文化事業有限公司
412台中市大里區科技路1號8樓之2（台中軟體園區）
出版專線：（04）2496-5995　傳真：（04）2496-9901
401台中市東區和平街228巷44號（經銷部）
購書專線：（04）2220-8589　傳真：（04）2220-8505
專案主編　李婕
出版編印　林榮威、陳逸儒、黃麗穎、水邊、陳媁婷、李婕
設計創意　張禮南、何佳諠
經紀企劃　張輝潭、徐錦淳、廖書湘
經銷推廣　李莉吟、莊博亞、劉育姍、李佩諭
行銷宣傳　黃姿虹、沈若瑜
營運管理　林金郎、曾千熏
印　　刷　百通科技股份有限公司
初版一刷　2022 年 5 月
初版二刷　2022 年 6 月
定　　價　300 元